Contos
Brasileiros 3

PARA GOSTAR DE LER 10

Contos Brasileiros 3

ALUÍSIO AZEVEDO • DOMINGOS PELLEGRINI
ANTÓNIO DE ALCÂNTARA MACHADO
ÉRICO VERÍSSIMO • IVAN ANGELO
MÁRIO DE ANDRADE • ORÍGENES LESSA
OTTO LARA RESENDE • RICARDO RAMOS

editora ática

Este livro apresenta os mesmos textos ficcionais das edições anteriores.

Contos brasileiros 3
© Domingos Pellegrini e Ivan Angelo, 1985
© Herdeiros de: Érico Veríssimo, Mário de Andrade, Orígenes Lessa, Otto Lara Resende e Ricardo Ramos, 1985

Diretor editorial	Fernando Paixão
Editora	Carmen Lucia Campos
Colaboração na seleção de textos	Carlos Emílio Faraco, Jacy Marcondes Duarte, José Inaldo Godoy, José Luís Pieroni Rodrigues, Laiz Barbosa de Carvalho
Colaboração na redação de textos	Malu Rangel, Margarete Moraes, Wagner D'Ávila
Coordenadora de revisão	Ivany Picasso Batista

ARTE
Editora	Suzana Laub
Editor assistente	Antonio Paulos
Editoração eletrônica	Studio 3 Desenvolvimento Editorial Eduardo Rodrigues
Ilustrações da capa e internas	Ary A. Normanha
Criação do projeto original da coleção	Jiro Takahashi
Edição eletrônica de imagens	Cesar Wolf

CIP-BRASIL. CATALOGAÇÃO NA FONTE
SINDICATO NACIONAL DOS EDITORES DE LIVROS, RJ

C781
18.ed

Contos brasileiros, 3 / Aluísio Azevedo... [et al.] ; ilustração Ary A. Normanha. - 18.ed. - São Paulo : Ática, 2002.
96p. : il. - (Para Gostar de Ler ; v.10)

Contém suplemento de leitura
Inclui bibliografia
ISBN 978-85-08-08302-2

1. Conto brasileiro. I. Azevedo, Aluísio, 1857-1913. II. Série.

11-0525.
CDD 869.93
CDU 821.134.3(81)-3

ISBN 978 85 08 08302-2
CL: 730573
CAE: 219056

2020
18ª edição
12ª impressão
Impressão e acabamento: Forma Certa

Todos os direitos reservados pela Editora Ática S.A.
Av.das Nações Unidas, 7221, Pinheiros – CEP 05425-902 – São Paulo, SP
Atendimento ao cliente: 4003-3061 – atendimento@aticascipione.com.br
www.coletivoleitor.com.br

IMPORTANTE: Ao comprar um livro, você remunera e reconhece o trabalho do autor e o de muitos outros profissionais envolvidos na produção editorial e na comercialização das obras: editores, revisores, diagramadores, ilustradores, gráficos, divulgadores, distribuidores, livreiros, entre outros. Ajude-nos a combater a cópia ilegal! Ela gera desemprego, prejudica a difusão da cultura e encarece os livros que você compra.

Sumário

O mundo através das palavras 7

Lembranças
    A aranha, *Orígenes Lessa* 11
    Os devaneios do general, *Érico Veríssimo* 20
    O peru de Natal, *Mário de Andrade* 30

Esperanças
    Menina, *Ivan Angelo* 41
    Gaetaninho, *António de Alcântara Machado* 48
    Aos vinte anos, *Aluísio Azevedo* 54

Mudanças
    O elo partido, *Otto Lara Resende* 65
    Herança, *Ricardo Ramos* 80
    O herói, *Domingos Pellegrini* 86

Referências bibliográficas 92

O mundo através
das palavras

    Um dos maiores desafios que temos é nos conhecer bem: saber dos nossos desejos, medos e não esconder de nós mesmos o que sentimos. Em cada um de nós se esconde um mundo à parte.

    Há aqueles, ainda, que não se contentam apenas em descobrir e ter ideias sobre si mesmos. Conseguem moldar essas ideias e pensamentos em palavras, transformando em letras sua visão do mundo: são os escritores.

    Neste volume, você vai encontrar diferentes escritores brasileiros, de diversas épocas e estilos. Cada um deles com sua própria maneira de enxergar o mundo e a si próprio. Colando fatos, observando ao redor, tendo ideias e usando a imaginação, entram, com maestria, no mundo das palavras, nos proporcionando ótimos momentos de leitura.

    Depois de ler seus contos e adentrar em suas descrições e imagens, percebemos um pouco mais do que apenas bons momentos de leitura: talvez até uma nova visão de nós mesmos.

Lembranças

A aranha

Orígenes Lessa

— Quer assunto para um conto? — perguntou o Eneias, cercando-me no corredor.

Sorri.

— Não, obrigado.

— Mas é assunto ótimo, verdadeiro, vivido, acontecido, interessantíssimo!

— Não, não é preciso... Fica para outra vez...

— Você está com pressa?

— Muita!

— Bem, de outra vez será. Dá um conto estupendo. E com esta vantagem: aconteceu... É só florear um pouco.

— Está bem... Então... até logo... Tenho que apanhar o elevador...

Quando me despedia, surge um terceiro. Prendendo-me à prosa. Desmoralizando-me a pressa.

— Então, que há de novo?

— Estávamos batendo papo... Eu estava cedendo, de graça, um assunto notável para um conto. Tão bom, que até comecei a esboçá-lo, há tempos. Mas como não é gênero meu — continuou o Eneias, os olhos muito azuis transbordando de generosidade.

— Sobre o quê? — perguntou o outro.

Eu estava frio. Não havia remédio. Tinha que ouvir, mais uma vez, o assunto.

— Um caso passado. Conheceu o Melo, que foi dono de uma grande torrefação aqui em São Paulo, e tinha uma ou várias fazendas no interior?
Pergunta dirigida a mim. Era mais fácil concordar:
— Conheci.
— Pois olhe. Foi com o Melo. Quem contou foi ele. Esse é o maior interesse do fato. Coisa vivida. Batata![1]. Sem literatura. É só utilizar o material, e acrescentar uns floreios, para encher, ou para dar mais efeito. Eu ouvi a história, dele mesmo, certa noite, em casa do velho. Não sei se você sabe que o Melo é um violonista famoso. Um artista. Tenho conhecido poucos violões tão bem tocados quanto o dele. Só que ele não é profissional nem fez nunca muita questão de aparecer. Deve ter tocado em público poucas vezes. Uma ou duas, até, se não me engano, no Municipal. Mas o homem é um colosso. O filho está aí, confirmando o sangue... fazendo sucesso.
— Bem... eu vou indo... Tenho encontro marcado. Fica a história para outra ocasião. Não leve a mal. Você sabe: eu sou escravo...
— Ora essa! Claro! Até logo.
Palmadinha no ombro dele. Palmadinha no meu. Chamei o elevador.
— É um caso único no gênero — continuou Eneias para o companheiro. — O Melo tinha uma fazenda, creio que na Alta Paulista. Passava lá enormes temporadas, sozinho, num casarão desolador. Era um verdadeiro deserto. E como era natural, distração dele era o violão velho de guerra. Hora livre, pinho no braço, dedada nas cordas. No fundo, um romântico, um sentimental. O pinho dele soluça mesmo. Geme de doer. Corta a alma. É contagiante, envolvente, de machucar. Ouvi-o tocar várias vezes. *A madrugada que passou, O luar do sertão,* e tudo quanto é modinha sentida que há por aí tira até lágrima da gente, quando o Melo toca...

---

1. Na gíria, certo, exato, seguro. (N.E.)

— Completo! — gritou o ascensorista, de dentro do elevador, que não parou, carregado com gente que vinha do décimo andar, acotovelando-se de fome.

Apertei três ou quatro vezes a campainha, para assegurar o meu direito à viagem seguinte.

Eneias continuava:

— E não é só modinha... Os clássicos. Música no duro... Ele tira Chopin e até Beethoven. A *tarantela* de Liszt é qualquer coisa, interpretada pelo Melo... Pois bem... (Isto foi contado por ele, hein! Não estou inventando. Eu passo a coisa como recebi.) Uma noite, sozinho na sala de jantar, Melo puxou o violão, meio triste, e começou a tocar. Tocou sei lá o quê. Qualquer coisa. Sei que era uma toada melancólica. Acho que havia luar, ele não disse. Mas quem fizer o conto pode pôr luar. Carregando, mesmo. Sempre dá mais efeito. Dá ambiente.

O elevador abriu-se. Quis entrar.

— Sobe!

Recuei.

— Você sabe: nessa história de literatura, o que dá vida é o enchimento, a paisagem. Um tostão de lua, duzentão de palmeira, quatrocentos de vento sibilando na copa das árvores, é barato e agrada sempre... De modo que quem fizer o conto deve botar um pouco de tudo isso. Eu dou só o esqueleto. Quem quiser que aproveite... O Melo estava tocando. Luz, isso ele contou, fraca. Produzida na própria fazenda. Você conhece iluminação de motor. Pisca-pisca. Luz alaranjada.

— A luz alaranjada não é do motor, é do...

— Bem isso não vem ao caso... Luz vagabunda. Fraquinha...

— Desce!

Dois sujeitos, que esperavam também, precipitaram-se para o elevador.

— Completo!

— O Melo estava tocando... Inteiramente longe da vida. De repente, olhou para o chão. Poucos passos adiante, enorme, cabeluda, uma aranha caranguejeira. Ele sentiu um arrepio. Era um bicho horrível. Parou o violão para dar um golpe na bruta. Mal parou, porém, a aranha, com uma rapidez incrível, fugiu, penetrando numa frincha da parede, entre o rodapé e o soalho. O Melo ficou frio de horror. Nunca tinha visto aranha tão grande, tão monstruosa. Encostou o violão. Procurou um pau, para maior garantia, e ficou esperando. Nada. A bicha não saía. Armou-se de coragem. Aproximou-se da parede, meio de lado, começou a bater na entrada da fresta, para ver se atraía a bichona. Era preciso matá-la. Mas a danada era sabida. Não saiu. Esperou ainda uns quinze minutos. Como não vinha mesmo, voltou para a rede, pôs-se a tocar outra vez a mesma toada triste. Não demorou, a pernona cabeluda da aranha apontou na frincha...

O elevador abriu-se com violência, despejando três ou quatro passageiros, fechou-se outra vez, subiu.

O Eneias continuava.

— Apareceu a pernona, a bruta foi chegando. Veio vindo. O Melo parou o violão, para novo golpe. Mas a aranha, depois de uma ligeira hesitação, antes que o homem se aproximasse, afundou outra vez no buraco. "Ora essa!" Ele ficou intrigado. Esperou mais um pouco, recomeçou a tocar. E quatro ou cinco minutos depois, a cena se repetiu. Timidamente, devagarzinho, a aranha apontou, foi saindo da fresta. Avançava lentamente, como fascinada. Apesar de enorme e cabeluda, tinha um ar pacífico, familiar. O Melo teve uma ideia. "Será por causa da música?" Parou, espreitou. A aranha avançara uns dois palmos...

— Desce!

— Eu vou na outra viagem.

— Dito e feito... — continuou Eneias. — A bicha ficou titubeante, como tonta. Depois, moveu-se lentamente, indo se esconder outra vez. Quando ele recomeçou a tocar, já foi com intuito de experiência. Para ver se ela voltava. E voltou. No duro. Três ou quatro vezes a cena se repetiu. A aranha vinha, a aranha voltava. Três ou mais vezes. Até que ele resolveu ir dormir, não sei com que estranha coragem, porque

um sujeito saber que tem dentro de casa um bicho desses, venenoso e agressivo, sem procurar liquidá-lo, é preciso ter sangue! No dia seguinte, passou o dia inteiro excitadíssimo. Isto sim, dava um capítulo formidável. Naquela angústia, naquela preocupação. "Será que a aranha volta? Não seria tudo pura coincidência?" Ele estava ocupadíssimo com a colheita. Só à noite voltaria para o casarão da fazenda. Teve que almoçar com os colonos, no cafezal. Andou a cavalo o dia inteiro. E sempre pensando na aranha. O sujeito que fizer o conto pode tecer uma porção de coisas em torno dessa expectativa. À noite, quando se viu livre, voltou para casa. Jantou às pressas. Foi correndo buscar o violão. Estava nervoso. "Será que a bicha vem?" Nem por sombras pensou no perigo que havia em ter em casa um animal daqueles. Queria saber se "ela" voltava. Começou a tocar como quem se apresenta em público pela primeira vez. Coração batendo. Tocou. O olho na fresta. Qual não foi a alegria dele quando, quinze ou vinte minutos depois, como um viajante que avista terra, depois de uma longa viagem, percebeu que era ela... o pernão cabeludo, o vulto escuro no canto mal iluminado.
— (Desce!
— Sobe!
— Desce!
— Sobe!)
— A aranha surgiu de todo. O mesmo jeito estonteado, hesitante, o mesmo ar arrastado. Parou a meia distância. Estava escutando. Evidentemente, estava. Aí, ele quis completar a experiência. Deixou de tocar. E como na véspera, quando o silêncio se prolongou, a caranguejeira começou a se mover pouco a pouco, como quem se desencanta, para se esconder novamente. É escusado dizer que a cena se repetiu nesse mesmo ritmo uma porção de vezes. E para encurtar a história, a aranha ficou famosa. O Melo passou o caso adiante. Começou a vir gente da vizinhança, para ver a aranha amiga da música. Todas as noites era aquela romaria. Amigos, empregados, o administrador, gente da cidade, todos queriam conhecer a

cabeluda fã de *O luar do sertão*, e de outras modinhas. E até de música boa... Chopin... Eu não sei qual é... Mas havia um noturno de Chopin que era infalível. Mesmo depois de acabado, ela ainda ficava como que amolentada, ouvindo ainda. E tinha uma predileção especial pela *Gavota* de Tárrega, que o Melo tocava todas as noites. Havia ocasiões em que custava a aparecer. Mas era só tocar a *Gavota*, ela surgia. O curioso é que o Melo se tomou de amores pela aranha. Ficou sendo a distração, a companheira. Era Ela, com E grande. Chegou até a pôr-lhe nome, não me lembro qual. E ele conta que, desde então, não sentiu mais a solidão incrível da fazenda. Os dois se compreendiam, se irmanavam. Ele sentia quais as músicas que mais tocavam a sensibilidade "dela"... E insistia nessas, para agradar a inesperada companheira de noitadas. Chegou mesmo a dizer que, após dois ou três meses daquela comunhão — o caso não despertava interesse, os amigos já haviam desertado — ele começava a pensar, com pena, que tinha de voltar para São Paulo. Como abandonar uma companheira tão fiel? Sim, porque trazê-la para São Paulo, isso não seria fácil!... Pois bem, uma noite, apareceu um camarada de fora, que não sabia da história. Creio que um viajante, um representante qualquer de uma casa comissária de Santos. Hospedou-se com ele. Cheio de prosa, de novidades. Os dois ficaram conversando longamente, inesperada palestra de cidade naqueles fundos de sertão. Negócios, safras, cotações, mexericos. Às tantas, esquecido até da velha amiga, o Melo tomou do violão, velho hábito que era um prolongamento de sua vida. Começou a tocar, distraído. Não se lembrou de avisar o amigo. A aranha quotidiana apareceu. O amigo escutava. De repente, seus olhos a viram. Arrepiou-se de espanto. E, num salto violento, sem perceber o grito desesperado com que o procurava deter o hospedeiro, caiu sobre a aranha, esmagando-a com o sapatão cheio de lama. O Melo soltou um grito de dor. O rapaz olhou-o. Sem compreender, comentou:

— Que perigo, hein?

O outro não respondeu logo. Estava pálido, uma angústia mortal nos olhos.

— E justamente quando eu tocava a *Gavota* de Tárrega, a que ela preferia, coitadinha...

— Mas o que há? Eu não compreendo...

E vocês não imaginam o desapontamento, a humilhação com que ele ouviu toda essa história que eu contei agora...

— Desce!

Desci.

Orígenes Lessa, entre sabonetes e livros

Orígenes Lessa nasceu em Lençóis Paulista (SP), em 1903, mas não se criou na cidade. Seu pai era pastor protestante e vivia sendo transferido de um estado para outro. Graças a isso, o menino acabou conhecendo o Brasil inteiro. Durante a infância, morou em São Luís do Maranhão, experiência que resultou num romance, *Rua do sol*.

Em 1924, Orígenes Lessa se transferiu para o Rio de Janeiro. Separado da família, lutou muito para sobreviver. Para conseguir se manter, deu aulas, foi instrutor de ginástica e ingressou no jornalismo em 1926.

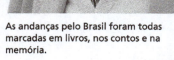

As andanças pelo Brasil foram todas marcadas em livros, nos contos e na memória.

Foi nessa época que publicou seu primeiro livro, *O escritor proibido* (contos). A carreira de publicitário veio três anos depois, em 1932, após ter sido preso por tomar parte ativa na Revolução Constitucionalista. O tempo passado no presídio de Ilha Grande resultou nas reportagens "Não há de ser nada", sobre a Revolução, e "Ilha Grande, jornal de um prisioneiro de guerra", trabalhos que o projetaram no meio literário.

Nos cinquenta anos seguintes, dividiu seu tempo entre escrever anúncios de sabonete e livros, vários deles voltados para os jovens. Muitos de seus trabalhos foram adaptados para o cinema e a televisão.

Entre suas obras importantes estão *O feijão e o sonho* (romance); *O Evangelho de Lázaro* (romance) e *Memórias de um cabo de vassoura* (infantojuvenil).

Faleceu em 1986, no Rio de Janeiro, cidade onde passou toda a sua vida adulta.

Os devaneios do general

Érico Veríssimo

Abre-se uma clareira azul no escuro céu de inverno.
O sol inunda os telhados de Jacarecanga. Um galo salta para cima da cerca do quintal, sacode a crista vermelha, que fulgura, estica o pescoço e solta um cocoricó alegre. Nos quintais vizinhos outros galos respondem.

O sol! As poças dágua que as últimas chuvas deixaram no chão se enchem de joias coruscantes. Crianças saem de suas casas e vão brincar nos rios barrentos das sarjetas. Um vento frio afugenta as nuvens para as bandas do norte e dentro de alguns instantes o céu é todo um clarão de puro azul.

O General Chicuta resolve então sair da toca. A toca é o quarto. O quarto fica na casa da neta e é o seu último reduto. Aqui na sombra ele passa as horas sozinho, esperando a morte. Poucos móveis: a cama antiga, a cômoda com papéis velhos, medalhas, relíquias, uniformes, lembranças; a cadeira de balanço, o retrato do Senador; o busto do Patriarca; duas ou três cadeiras... E recordações... Recordações dum tempo bom que passou, — patifes! — dum mundo de homens diferentes dos de hoje. — Canalhas! — duma Jacarecanga passiva e ordeira, dócil e disciplinada, que não fazia nada sem primeiro ouvir o General Chicuta Campolargo.

O general aceita o convite do sol e vai sentar-se à janela que dá para a rua. Ali está ele com a cabeça atirada para trás, apoiada no respaldo da poltrona. Seus olhinhos sujos e diluídos se fecham ofuscados pela violência da luz. E ele arqueja, porque a caminhada do quarto até a janela foi penosa, cansativa. De seu peito sai um ronco que lembra o do estertor da morte.

O general passa a mão pelo rosto murcho: mão de cadáver passeando num rosto de cadáver. Sua barbicha branca e rala esvoaça ao vento. O velho deixa cair os braços e fica imóvel como um defunto.

Os galos tornam a cantar. As crianças gritam. Um preto de cara reluzente passa alegre na rua com um cesto de laranjas à cabeça.

Animado aos poucos pela ilusão de vida que a luz quente lhe dá, o general entreabre os olhos e devaneia...

Jacarecanga! Sim senhor! Quem diria? A gente não conhece mais a terra onde nasceu... Ares de cidade. Automóveis. Rádios. Modernismos. Negro quase igual a branco. Criado tão bom como patrão. Noutro tempo todos vinham pedir a bênção ao General Chicuta, intendente municipal e chefe político... A oposição comia fogo com ele...

O general sorri a um pensamento travesso. Naquele dia toda a cidade ficou alvoroçada. Tinha aparecido na "Voz de Jacarecanga" um artigo desaforado... Não trazia assinatura. Dizia assim: *A hiena sanguinária que bebeu o sangue dos revolucionários de 93*[1] *agora tripudia sobre a nossa mísera cidade desgraçada.* Era com ele, sim, não havia dúvida. (Corria por todo o Estado a sua fama de degolador.) Era com ele! Por isso Jacarecanga tinha prendido fogo ao ler o artigo. Ele quase estourou de raiva. Tremeu, bufou, enxergou vermelho. Pegou o revólver. Largou. Resmungou. "Patife! Canalha!" Depois ficou mais calmo. Botou a farda e dirigiu-se para a Intendência. Mandou chamar o Mendanha, diretor do jornal. O Mendanha veio. Estava pá-

---

1. Referência à Revolução Federalista, ocorrida em 1893 no Rio Grande do Sul e que envolveu milhares de homens. Os federalistas (ou maragatos) pretendiam derrubar o governo de Júlio de Castilho, o então presidente do Estado. (N.E.)

lido. Era atrevido mas covarde. Entrou de chapéu na mão, tremendo. Ficaram os dois sozinhos, frente a frente.

— Sente-se, canalha!

O Mendanha obedeceu. O general levantou-se. (Brilhavam os alarmes dourados contra o pano negro do dólmã.) Tirou da gaveta da mesa a página do jornal que trazia o famoso artigo. Aproximou-se do adversário.

— Abra a boca! — ordenou.

Mendanha abriu, sem dizer palavra. O general picou a página em pedacinhos, amassou-os todos numa bola e atochou-a na boca do outro.

— Coma! — gritou.

Os olhos de Mendanha estavam arregalados. O sangue lhe fugira do rosto.

— Coma! — sibilou o general.

Mendanha suplicava com o olhar. O general encostou-lhe no peito o cano do revólver e rosnou com raiva mal contida.

— Coma, pústula!

E o homem comeu.

Um avião passa roncando por cima da casa, cujas vidraças trepidam. O general tem um sobressalto desagradável. A sombra do grande pássaro se desenha lá embaixo no chão do jardim. O general ergue o punho para o ar, numa ameaça.

— Patifes! Vagabundos, ordinários! Não têm mais o que fazer? Vão pegar no cabo duma enxada, seus canalhas. Isso não é serviço de homem macho.

Fica olhando, com olho hostil, o avião amarelo que passa voando rente aos telhados da cidade.

No seu tempo não havia daquelas engenhocas, daquelas malditas máquinas. Para que servem? Para matar gente. Para acordar quem dorme. Para gastar dinheiro. Para guerra. Guerras de covardes, as de hoje! Antigamente brigava-se em campo aberto, peito contra peito, homem contra homem. Hoje se metem os poltrões a atirar nesses "banheiros" que voam, e lá de cima se põem a atirar bombas em cima da infantaria. A guerra perdeu toda a sua dignidade.

O general remergulha no devaneio.

93... Foi lindo. O Rio Grande inteiro cheirava a sangue. Quando se aproximava a hora do combate, ele ficava assanhado. Tinha perto de cinquenta anos mas não se trocava por nenhum rapaz de vinte.

Por um instante o general se revê montado no seu tordilho, teso e glorioso, a espada chispando ao sol, o pala voando ao vento... Vejam só! Agora está aqui um caco velho, sem força nem serventia, esperando a todo o instante a visita da morte. Pode entrar. Sente-se. Cale a boca!

Morte... O general vê mentalmente uma garganta aberta sangrando. Fecha os olhos e pensa naquela noite... Naquela noite que ele nunca mais esqueceu. Naquela noite que é uma recordação que o há de acompanhar decerto até o outro mundo... se houver outro mundo.

Os seus vanguardeiros voltaram contando que a força revolucionária estava dormindo desprevenida, sem sentinelas... Se fizessem um ataque rápido, ela seria apanhada de surpresa. O general deu um pulo. Chamou os oficiais. Traçou o plano. Cercariam o acampamento inimigo. Marchariam no maior silêncio e, a um sinal, cairiam sobre os "maragatos". Ia ser uma festa! Acrescentou com energia: "Inimigo não se poupa. Ferro neles!" Sorriu um sorriso torto de canto de boca. (Como a gente se lembra dos mínimos detalhes...) Passou o indicador da mão direita pelo próprio pescoço, no simulacro duma operação familiar... Os oficiais sorriram, compreendendo. O ataque se fez. Foi uma tempestade. Não ficou nenhum prisioneiro vivo para contar dos outros. Quando a madrugada raiou, a luz do dia novo caiu sobre duzentos homens degolados. Corvos voavam sobre o acampamento de cadáveres. O general passou por entre os destroços. Encontrou conhecidos entre os destroços. Encontrou conhecidos entre os mortos, antigos camaradas. Deu com a cabeça dum primo irmão fincada no espeto que na tarde anterior servira aos maragatos para assar churrasco. Teve um leve estremecimento. Mas uma frase soou-lhe na mente: "Inimigo não se poupa".

O general agora recorda... Remorso? Qual! Um homem é um homem e um gato é um bicho.
Lambe os lábios gretados. Sede. Procura gritar:
— Petronilho!
A voz que lhe sai da garganta é tão remota e apagada que parece a voz de um moribundo, vinda do fundo do tempo, dum acampamento de 93.
— Petronilho! Negro safado! Petronilho!
Começa a bater forte no chão com a ponta da bengala, frenético. A neta aparece à porta. Traz nas mãos duas agulhas vermelhas de tricô e um novelo de lã verde.
— Que é, vovô?
— Morreu a gente desta casa? Ninguém me atende. Canalhas! Onde está o Petronilho?
— Está lá fora, vovô.
— Ele não ganha pra cuidar de mim? Então? Chame ele.
— Não precisa falar brabo, vovô. Que é que o senhor quer?
— Quero um copo d'água. Estou com sede.
— Por que não toma suco de laranja?
— Água, eu disse!
A neta suspira e sai. O general entrega-se a pensamentos amargos. Deus negou-lhe filhos homens. Deu-lhe uma única filha mulher que morreu no dia que dava à luz uma neta. Uma neta! Por que não um neto, um macho? Agora aí está a Juventina, metida o dia inteiro com tricôs e figurinos, casada com um bacharel que fala em socialismo, na extinção dos latifúndios, em igualdade. Há seis anos nasceu-lhes um filho. Homem, até que enfim! Mas está sendo mal educado. Ensinam-lhe boas maneiras. Dão-lhe mimos. Estão a transformá-lo num maricas. Parece uma menina. Tem a pele tão delicada, tão macia, tão corada... Chiquinho... Não tem nada que lembre os Campolargos que brilharam na guerra do Paraguai, na Revolução de 1893 e que ainda defenderam o governo em 1923[2]...

---

2. Referência ao movimento, ocorrido no Rio Grande do Sul em 1923, de repulsa à longa permanência de Borges de Medeiros no governo gaúcho. (N.E.)

Um dia ele perguntou ao menino:
— Chiquinho, você quer ser general como o vovô?
— Não. Eu quero ser doutor como o papai.
— Canalhinha! Patifinho!
Petronilho entra, trazendo um copo de suco de laranja.
— Eu disse água! — sibila o general.
O mulato encolhe os ombros.
— Mas eu digo suco de laranja.
— Eu quero água! Vá buscar água, seu cachorro!
Petronilho responde sereno:
— Não vou, general de bobage...
O general escabuja de raiva, esgrime a bengala, procurando inutilmente atingir o criado. Agita-se todo num tremor desesperado.
— Canalha! — cicia arquejante. — Vou te mandar dar umas chicotadas!
— Suco de laranja — cantarola o mulato.
— Água! Juventina! Negro patife! Cachorro!
Petronilho sorri:
— Suco de laranja, seu sargento!
Com um grito de fera ferida o general arremessa a bengala na direção do criado. Num movimento ágil de gato, Petronilho quebra o corpo e esquiva-se ao golpe.

O general se entrega. Atira a cabeça para trás e, de braços caídos, fica todo trêmulo, com a respiração ofegante e os olhos revirados, uma baba a escorrer-lhe pelos cantos da boca mole, parda e gretada.

Petronilho sorri. Já faz três anos que assiste com gozo a esta agonia. Veio oferecer-se de propósito para cuidar do general. Pediu apenas casa, comida e roupa. Não quis mais nada. Só tinha um desejo: ver os últimos dias da fera. Porque ele sabe que foi o general Chicuta Campolargo que mandou matar o seu pai. Uma bala na cabeça, os miolos escorrendo para o chão... Só porque o mulato velho na última eleição fora o melhor cabo eleitoral da oposição. O general chamou-o à Intendência. Quis esbofeteá-lo. O mulato reagiu, disse-lhe desaforos, saiu altivo. No outro dia...

Petronilho compreendeu tudo. Muito menino, pensou na vingança, mas com o correr do tempo, esqueceu. Depois a situação política da cidade melhorou. O general aos poucos foi perdendo a autoridade. Hoje os jornais já falam na "hiena que bebeu em 93 o sangue dos degolados". Ninguém mais dá importância ao velho. Chegou aos ouvidos de Petronilho a notícia de que a fera agonizava. Então ele se apresentou como enfermeiro. Agora goza, provoca, desrespeita. E fica rindo... Pede a Deus que lhe permita ver o fim, que não deve tardar. É questão de meses, semanas, talvez até de dias... O animal passou o inverno metido na toca, conversando com os seus defuntos, gritando, dizendo desaforos para os fantasmas, dando vozes de comando: "Romper fogo! Cessar fogo! Acampar".

E recitando coisas esquisitas assim: "V. Exª precisa de ser reeleito para glória do nosso invencível Partido". Outras vezes olhava para o busto e berrava: "Inimigo não se poupa. Ferro neles".

Mais sereno, agora o general estende a mão, pedindo. Petronilho dá-lhe o copo de suco de laranja. O velho bebe, tremulamente.

Lambendo os beiços, como se acabasse de saborear o seu prato predileto, o mulato volta para a cozinha, a pensar em novas perversidades.

O general contempla os telhados de Jacarecanga. Tudo isto já lhe pertenceu... Aqui ele mandava e desmandava. Elegia sempre os seus candidatos: derrubava urnas, anulava eleições. Conforme a sua conveniência, condenava ou absolvia réus. Certa vez mandou dar uma sova num promotor público que não lhe obedeceu a ordem de ser brando na acusação. Doutra feita correu a relho da cidade um juiz que teve o caradurismo de assumir ares de integridade e de opor resistência a uma ordem sua.

Fecha os olhos e recorda a glória antiga.

Um grito de criança. O general baixa os olhos. No jardim o bisneto brinca com os pedregulhos do chão. Seus ca-

belos louros estão incendiados de sol. O general contempla-
-o com tristeza e se perde em divagações...
    Que será o mundo amanhã, quando Chiquinho for homem feito? Mais aviões cruzarão nos céus. E terá desaparecido o último "homem" da face da terra. Só restarão idiotas efeminados, criaturas que acreditam na igualdade social, que não têm o sentido da autoridade, fracalhões que não se hão de lembrar dos feitos de seus antepassados, nem... Oh! Não vale a pena pensar no que será amanhã o mundo dos maricas, o mundo de Chiquinho, talvez o último dos Campolargos!
    E, dispneico, se entrega de novo ao devaneio, adormentado pela carícia do sol.
    De repente a criança entra de novo na sala correndo, muito vermelha.
    — Vovô! Vovô!
    Traz a mão erguida e seus olhos brilham. Faz alto ao pé da poltrona do general.
    — A lagartixa, vovozinho...
    O general inclina a cabeça. Uma lagartixa verde se retorce na mãozinha delicada, manchada de sangue. O velho olha para o bisneto com ar interrogador. Alvorotado, o menino explica:
    — Degolei a lagartixa, vovô!
    No primeiro instante o general perde a voz, no choque da surpresa. Depois murmura, comovido:
    — Seu patife! Seu canalha! Degolou a lagartixa? Muito bem. Inimigo não se poupa. Seu patife!
    E afaga a cabeça do bisneto, com uma luz de esperança nos olhos de sáurio.

O tempo de Érico Veríssimo

Veríssimo tentou trabalhar em uma farmácia, mas o papel de embrulho virava lugar para criar histórias.

Érico Veríssimo apreciava a franqueza, a lealdade, o cumprimento da palavra dada e a tomada de decisões corajosas, assim como a liberdade e a dignidade humanas. Tanto que foi um dos que protestaram, com toda a veemência de que um gaúcho é capaz, contra a instituição da censura prévia durante a ditadura militar.

Ele era um lutador. Seus primeiros livros, *Clarissa* (1933) e *Música ao longe* (1936) foram escritos aos sábados e domingos porque durante a semana trabalhava no escritório da livraria Globo e à noite fazia traduções. Seu primeiro emprego foi como farmacêutico, mas não deu muito certo: em vez de atender os clientes, Érico preferia ficar lendo e escrevendo seus pensamentos nos papéis de embrulho...

Pai do escritor e humorista Luís Fernando Veríssimo, Érico garantiu seu nome entre os maiores escritores brasileiros com obras como *Olhai os lírios do campo*, *Saga* e *O senhor embaixador*. Outros grandes livros, como *O tempo e o vento* e *Incidente em Antares,* foram mais tarde transformados em minisséries da TV Globo.

Érico Veríssimo nasceu em Cruz Alta (RJ), em 1905, e morreu em Porto Alegre (RS) em 1975.

O peru de Natal

Mário de Andrade

O nosso primeiro Natal de família, depois da morte de meu pai acontecida cinco meses antes, foi de consequencias decisivas para a felicidade familiar. Nós sempre fôramos familiarmente felizes, nesse sentido muito abstrato da felicidade: gente honesta, sem crimes, lar sem brigas internas nem graves dificuldades econômicas. Mas, devido principalmente à natureza cinzenta de meu pai, ser desprovido de qualquer lirismo, duma exemplaridade incapaz, acolchoado no medíocre, sempre nos faltara aquele aproveitamento da vida, aquele gosto pelas felicidades materiais, um vinho bom, uma estação de águas, aquisição de geladeira, coisas assim. Meu pai fora de um bom errado, quase dramático, o puro sangue dos desmancha-prazeres.

Morreu meu pai, sentimos muito, etc. Quando chegamos nas proximidades do Natal, eu já estava que não podia mais pra afastar aquela memória obstruente do morto, que parecia ter sistematizado pra sempre a obrigação de uma lembrança dolorosa em cada almoço, em cada gesto mínimo da família. Uma vez que eu sugerira a mamãe a ideia dela ir ver uma fita no cinema, o que resultou foram lágrimas. Onde se viu ir ao cinema, de luto pesado! A dor já estava sendo cultivada pelas aparências, e eu, que sempre gostara apenas regularmente de meu pai, mais por instinto de filho que por espontaneidade de amor, me via a ponto de aborrecer o bom do morto.

Foi decerto por isto que me nasceu, esta sim, espontaneamente, a ideia de fazer uma das minhas chamadas "loucuras". Essa fora aliás, e desde muito cedo, a minha esplêndida conquista contra o ambiente familiar. Desde cedinho, desde os tempos de ginásio, em que arranjava regularmente uma reprovação todos os anos; desde o beijo às escondidas, numa prima, aos dez anos, descoberto por Tia Velha, uma detestável de tia; e principalmente desde as lições que dei ou recebi, não sei, duma criada de parentes: eu consegui no reformatório do lar e na vasta parentagem a fama conciliatória de "louco". "É doido, coitado!" falavam. Meus pais falavam com certa tristeza condescendente, o resto da parentagem buscando exemplo para os filhos e provavelmente com aquele prazer dos que se convencem de alguma superioridade. Não tinham doidos entre os filhos. Pois foi o que me salvou, essa fama. Fiz tudo o que a vida me apresentou e o meu ser exigia para se realizar com integridade. E me deixaram fazer tudo, porque eu era doido, coitado. Resultou disso uma existência sem complexos, de que não posso me queixar um nada.

Era costume sempre, na família, a ceia de Natal. Ceia reles, já se imagina: ceia tipo meu pai, castanhas, figos, passas, depois da Missa do Galo. Empanturrados de amêndoas e nozes (quanto discutimos os três manos por causa dos quebra-nozes...), empanturrados de castanhas e monotonias, a gente se abraçava e ia pra cama. Foi lembrando isso que arrebentei com uma das minhas "loucuras".

— Bom, no Natal, quero comer peru.

Houve um desses espantos que ninguém não imagina. Logo minha tia solteirona e santa, que morava conosco, advertiu que não podíamos convidar ninguém por causa do luto.

— Mas quem falou de convidar ninguém! essa mania... Quando é que a gente já comeu peru em nossa vida! Peru aqui em casa é prato de festa, vem toda essa parentada do diabo...

— Meu filho, não fale assim...

— Pois falo, pronto!

E descarreguei minha gelada indiferença pela nossa parentagem infinita, diz-que vinda de bandeirantes, que bem me importa! Era mesmo o momento para desenvolver minha teoria de doido, coitado, não perdi a ocasião. Me deu de supetão uma ternura imensa por mamãe e titia, minhas duas mães, três com minha irmã, as três mães que sempre me divinizaram a vida. Era sempre aquilo: vinha aniversário de alguém e só então faziam peru naquela casa. Peru era prato de festa: uma imundície de parentes já preparados pela tradição, invadiam a casa por causa do peru, das empadinhas e dos doces. Minhas três mães, três dias antes já não sabiam da vida sinão trabalhar, trabalhar no preparo de doces e frios finíssimos de bem feitos, a parentagem devorava tudo e ainda levava embrulhinhos pros que não tinham podido vir. As minhas três mães mal podiam de exaustas. Do peru, só no enterro dos ossos, no dia seguinte, é que mamãe com titia inda provavam num naco de perna, vago, escuro, perdido no arroz alvo. E isso mesmo era mamãe que servia, catava tudo pro velho e pros filhos. Na verdade ninguém sabia de fato o que era peru em nossa casa, peru resto de festa.

Não, não se convidava ninguém, era um peru pra nós, cinco pessoas. E havia de ser com duas farofas, a gorda com miúdos, e a seca, douradinha, com bastante manteiga. Queria o papo recheado só com farofa gorda, em que havíamos de ajuntar ameixa preta, nozes e um cálice de xerez, como aprendera na casa da Rose, muito minha companheira. Está claro que omiti onde aprendera a receita, mas todos desconfiaram. E ficaram logo naquele ar de incenso assoprado, si não seria tentação do Dianho aproveitar receita tão gostosa. E cerveja bem gelada, eu garantia quase gritando. É certo que com meus "gostos", já bastante afinados fora do lar, pensei primeiro num vinho bom, completamente francês. Mas a ternura por mamãe venceu o doido, mamãe adorava cerveja.

Quando acabei meus projetos, notei bem, todos estavam felicíssimos, num desejo danado de fazer aquela loucura em que eu estourara. Bem que sabiam, era loucura sim, mas todos se faziam imaginar que eu sozinho é que estava desejando muito aquilo e havia jeito fácil de empurrarem pra cima

de mim a... culpa de seus desejos enormes. Sorriam se entreolhando, tímidos como pombas desgarradas, até que minha irmã resolveu o consentimento geral:
— É louco mesmo!...
Comprou-se o peru, fez-se o peru, etc. E depois de uma Missa do Galo bem mal rezada, se deu o nosso mais maravilhoso Natal. Fora engraçado: assim que me lembrara de que finalmente ia fazer mamãe comer peru, não fizera outra coisa aqueles dias que pensar nela, sentir ternura por ela, amar minha velhinha adorada. E meus manos também, estavam no mesmo ritmo violento de amor, todos dominados pela felicidade nova que o peru vinha imprimindo na família. De modo que, ainda disfarçando as coisas, deixei muito sossegado que mamãe cortasse todo o peito do peru. Um momento aliás, ela parou, feito fatias um dos lados do peito da ave, não resistindo àquelas leis de economia que sempre a tinham entorpecido numa quase pobreza sem razão.
— Não senhora, corte inteiro! só eu como tudo isso!
Era mentira. O amor familiar estava por tal forma incandescente em mim, que até era capaz de comer pouco, só pra que os outros quatro comessem demais. E o diapasão dos outros era o mesmo. Aquele peru comido a sós, redescobria em cada um o que a quotidianidade abafara por completo, amor, paixão de mãe, paixão de filhos. Deus me perdoe mas estou pensando em Jesus... Naquela casa de burgueses bem modestos, estava se realizando um milagre digno do Natal de um Deus. O peito do peru ficou inteiramente reduzido a fatias amplas.
— Eu que sirvo!
"É louco, mesmo!" pois por que havia de servir, si sempre mamãe servira naquela casa! Entre risos, os grandes pratos cheios foram passados pra mim e principiei uma distribuição heroica, enquanto mandava meu mano servir a cerveja. Tomei conta logo de um pedaço admirável da "casca", cheio de gordura e pus no prato. E depois vastas fatias brancas. A voz severizada de mamãe cortou o espaço angustiado com que todos aspiravam pela sua parte no peru:

— Se lembre de seus manos, Juca!
Quando que ela havia de imaginar, a pobre! que aquele era o prato dela, da Mãe, da minha amiga maltratada, que sabia da Rose, que sabia meus crimes, a que eu só lembrava de comunicar o que fazia sofrer! O prato ficou sublime.
— Mamãe, este é o da senhora! Não! não passe não!
Foi quando ela não pôde mais com tanta comoção e principiou chorando. Minha tia também, logo percebendo que o novo prato sublime seria o dela, entrou no refrão das lágrimas. E minha irmã que jamais viu lágrimas sem abrir a torneirinha também, se esparramou no choro. Então principiei dizendo muitos desaforos pra não chorar também, tinha dezenove anos... Diabo de família besta que via o peru e chorava! coisas assim. Todos se esforçavam por sorrir, mas agora é que a alegria se tornara impossível. É que o pranto evocara por associação a imagem indesejável de meu pai morto. Meu pai, com sua figura cinzenta, vinha pra sempre estragar nosso Natal, fiquei danado.

Bom, principiou-se a comer em silêncio, lutuosos, e o peru estava perfeito. A carne mansa, de um tecido muito tênue boiava fagueira entre os sabores das farofas e do presunto, de vez em quando ferida, inquietada e redesejada, pela intervenção mais violenta da ameixa preta e o estorvo petulante dos pedacinhos de noz. Mas papai sentado ali, gigantesco, incompleto, uma censura, uma chaga, uma incapacidade. E o peru, estava tão gostoso, mamãe por fim sabendo que peru era manjar mesmo digno do Jesusinho nascido.

Principiou uma luta baixa entre o peru e o vulto de papai. Imaginei que gabar o peru era fornecê-lo na luta, e, está claro, eu tomara decididamente o partido do peru. Mas os defuntos têm meios visguentos, muito hipócritas de vencer: nem bem gabei o peru que a imagem de papai cresceu vitoriosa, insuportavelmente obstruidora.

— Só falta seu pai...
Eu nem comia, nem podia mais gostar daquele peru perfeito, tanto que me interessava aquela luta entre os dois

mortos. Cheguei a odiar papai. E nem sei que inspiração genial, de repente me tornou hipócrita e político. Naquele instante que hoje me parece decisivo da nossa família, tomei aparentemente o partido de meu pai. Fingi, triste:
— É mesmo... Mas papai, que queria tanto bem a gente, que morreu de tanto trabalhar pra nós, papai lá no céu há de estar contente... (hesitei, mas resolvi não mencionar mais o peru) contente de ver nós todos reunidos em família.
E todos principiaram muito calmos, falando de papai. A imagem dele foi diminuindo, diminuindo e virou uma estrelinha brilhante do céu. Agora todos comiam o peru com sensualidade, porque papai fora muito bom, sempre se sacrificara por nós, fora um santo que "vocês, meus filhos, nunca poderão pagar o que devem a seu pai", um santo. Papai virara santo, uma contemplação agradável, inestorvável estrelinha do céu. Não prejudicava mais ninguém, puro objeto de contemplação suave. O único morto ali era o peru, dominador, completamente vitorioso.
Minha mãe, minha tia, nós, todos alagados de felicidade. Ia escrever "felicidade gustativa", mas não era só isso não. Era uma felicidade maiúscula, um amor de todos, um esquecimento de outros parentescos distraidores do grande amor familiar. E foi, sei que foi aquele primeiro peru comido no recesso da família, o início de um amor novo, reacomodado, mais completo, mais rico e inventivo, mais complacente e cuidadoso de si. Nasceu de então uma felicidade familiar pra nós que, não sou exclusivista, alguns a terão assim grande, porém mais intensa que a nossa me é impossível conceber.
Mamãe comeu tanto peru que um momento imaginei, aquilo podia lhe fazer mal. Mas logo pensei: ah, que faça! mesmo que ela morra, mas pelo menos que uma vez na vida coma peru de verdade!
A tamanha falta de egoísmo me transportara o nosso infinito amor... Depois vieram umas uvas leves e uns doces, que lá na minha terra levam o nome de "bem-casados". Mas nem mesmo este nome perigoso se associou à lembrança de

meu pai, que o peru já convertera em dignidade, em coisa certa, em culto puro de contemplação.

Levantamos. Eram quase duas horas, todos alegres, bambeados por duas garrafas de cerveja. Todos iam deitar, dormir ou mexer na cama, pouco importa, porque é bom uma insônia feliz. O diabo é que a Rose, católica antes de ser Rose, prometera me esperar com uma champanha. Pra poder sair, menti, falei que ia a uma festa de amigo, beijei mamãe e pisquei pra ela, modo de contar onde é que ia e fazê-la sofrer seu bocado. As outras duas mulheres beijei sem piscar. E agora, Rose!...

(Versão definitiva, agosto, 1938-1942)

A preguiça criativa de Mário de Andrade

O famoso verso de Mário de Andrade, "sou trezentos, sou trezentos e cinquenta", é uma das melhores frases para definir sua personalidade.

Mário não foi apenas escritor e jornalista. Também foi professor de música em um conservatório de São Paulo e pesquisador do folclore nacional. Musicólogo, viajou por todo o Brasil com um gravador a tiracolo, colhendo amostras da nossa música regional, além de fotografar cenas de um Brasil distante e pouco conhecido nos centros urbanos. Todo este trabalho resultou em uma série de artigos e no livro *Turista aprendiz*.

Entre passeios por São Paulo, aulas de música e viagens pelo Brasil, muitos escritos.

Mário de Andrade foi um dos responsáveis pela Semana de Arte Moderna (1922), evento que marcou o ínicio do chamado Movimento Modernista no Brasil e balançou as bases das artes plásticas, música e literatura do país. Nada de versos parnasianos e quadros de natureza morta: era preciso buscar o novo e o moderno, nas ações e no pensamento.

Entre suas obras mais importantes estão *Pauliceia desvairada* (poesia), *Amar, verbo intransitivo* (romance), *Macunaíma, o herói sem nenhum caráter* (rapsódia) e *Contos novos*.

Mário de Andrade nasceu em São Paulo em 1903. Paulistano amante da metrópole, faleceu na mesma cidade, em 1945.

Esperanças

Menina

Ivan Angelo

"Oh, ela sabia cada vez mais."
(Clarice Lispector, *Perto do coração selvagem*)

Sentar-se, concentrada, contar até um número, por exemplo dez, ou doze, e esperar agudamente um acontecimento importante, era seu exercício mais impreciso, mais despido de maldade, porque ela não escolhia o que ia acontecer, só fazia acontecer.

Havia outros, menos intensos: gritar "aaaa" de olhos fechados e, abrindo-os, esperar que tudo houvesse desaparecido; colocar a mão molhada na testa e acompanhar aquele sangue mais frio passeando pelo seu corpo; imóvel e muda, obrigar a fruteira de cristal brilhante a estilhaçar-se no chão com a força do pensamento; passar sem comer um dia inteiro para preocupar a mãe e ouvir deliciada: "Ana Lúcia, você me mata!"

Entretanto, era o esperar que algo importante acontecesse quando contasse até doze ou dez que lhe dava aquele segundo de vida intenso do qual ela saía sempre um pouco mais velha, e apressava a sua respiração, como um cansaço ou um beijo de Guilherme em Nilsa. Horas depois, ou nos dias seguintes, quando ouvia as pessoas grandes conversarem segredos ou comentarem graves um fato recente, dizia-se, plena de poder, ela mesma perplexa ante suas possibilidades: "Fui eu. Fui eu que fiz."

Achava péssimo ir à escola, a professora era horrível. As coisas de que mais gostava: pensar sem ninguém perto porque aí podia ir avançando até se perder, brincar de santa, dormir, comer doce. Bom mesmo era fazer nada, nem pensar, mas isso só às vezes conseguia, e era impossível gozar o momento, sempre passado. Pois quando o sentia, ele já acabara: ela começara a pensar. Ter aquilo na mesma hora seria morrer? — perturbava-se ela com o pensamento, cada vez sabendo mais.

Sim, cada vez sabendo mais. Sempre sentira esse mistério: não ter pai. Ela, que podia tanta coisa, afinava-se embaraçada de não conseguir dizer "papai" do modo de Tita ou Nina. Era a única coisa que faziam melhor do que ela, dizer "papai". A diferença talvez só ela percebesse, sutil. Sentia que pai era uma coisa que se tem sempre, como mãe, ou roupas. Tita e Nina sabiam que aquela era uma vantagem:

— Quede seu pai, Ana Lúcia?
— Está viajando.

Disseram-lhe isso, já tinha escutado ou inventara? Ah, cada vez sabia mais, sempre mais.

Guilherme e Nilsa não se beijavam perto da mãe. Se ela chegava, as mãos ficavam quietas nas mãos, a respiração ficava mansinha e não havia mais nada interessante para olhar da janela do quarto. Beijar devia ser proibido. Ou pecado. (Sabia mais, sempre mais.)

— Ana Lúcia, seu pai ainda está viajando?
— Está.
— Mentirosa! Sua mãe é desquitada.

Ficou impotente diante da palavra desconhecida. Uma coisa nova, ainda não se podia saber de que lado olhar para possuí-la toda. Desquitada. Desquitada. Jamais perguntaria a Tita, era uma alegria que não lhe daria. Ficou uns instantes sem saber como sair ilesa dessa armadilha. Tita corada e brilhante de prazer na sua frente.

— E o que é que tem isso?

Tita desmontou como um quebra-cabeça, Ana Lúcia balançara o tabuleiro. Jamais teria medo de Tita, ela sempre dependia demais das coisas fora dela, de um gesto, de uma palavra como desquitada ou parto.

Desquitada. Passou dias tentando solucionar sozinha. Seria uma coisa como burra, feia? Não, não parecia. Flor? Flor parecia, mas não explicava nada: orquídeas, rosas, sempre-vivas, desquitadas... Parecia. "Mentirosa! Sua mãe é desquitada." Tita dissera como quem diz o quê? o quê? o quê? sem-vergonha. Sim!, como quem diz sem-vergonha: olhando de frente e esperando um tapa.

Nesses dias amou a mãe com muita força, amou-a até sentir lágrimas, defendendo-a contra a palavra que poderia feri-la: desquitada, sem-vergonha. Pensava a palavra de leve, com receio de ferir a mãe. Experimentava, baixinho, torná-la mais suave, molhando-a de lágrimas e amor: desquitadinha, sem-vergonhinha. Mas a palavra sempre agredia, sempre feria.

Sentada no chão, picando retalhinhos de pano com a tesoura, amava a mãe intensamente, enquanto ela costurava rápida, bonita mesmo, com aqueles alfinetes na boca. Chegava alguém para provar vestidos, a mãe mandava-a sair. Era feio ver gente grande mudar de roupa, a mãe dizia. Saía contrariada por deixá-la exposta à palavra, em perigo. Abria-se a porta, ela entrava de novo, amando, amando.

Estava cansada dessa obrigação e só por isso duvidou de si, subitamente um dia ao tomar leite para dormir: desquitada podia não ser como sem-vergonha! Podia até ser pior, e quem sabe podia ser melhor. Respirando fundo e observando-se, ela seguia pronta para novas descobertas. Refugiou-se no sono.

No dia seguinte recomeçou. Mais uma vez preocupava-se com a palavra, agora não nova, mas mistério, sombra. Não se arriscava a dar um palpite, havia o perigo de outro engano.

A professora feia! pergunta no fim da manhã, recolhendo os cadernos, se alguém tem alguma dúvida. Ana Lúcia acende-se emocionada. Por que não a professora? Talvez ela

fosse boa, talvez dissesse logo o que é desquitada, talvez dissesse na mesma hora, sem muitas perguntas como por que você quer saber uma coisa dessas. Levanta-se tímida, insegura. Já de pé, desiste, e não sabe se senta ou chora.
— O que é, Ana Lúcia?
A voz da professora, mansa, mas não ajudando. Não pergunto, não pergunto — teima Ana Lúcia, ganhando tempo.
— O que é? — a voz insiste.
As meninas riem, insuportáveis. Helenice e seus dentes enormes impossibilitando tudo. Ana Lúcia sente que vai chorar. Estar perto da mãe é o que mais deseja.
— Sente-se — ordena a professora irritada.

A máquina de costura avançava decidida sobre o pano. Que bonita que a mãe era, com os alfinetes na boca. Gostava de olhá-la, estudando seus gestos, enquanto recortava retalhos de pano com a tesoura.
Interrompia às vezes seu trabalho, era quando a mãe precisava da tesoura. Admirava o jeito decidido da mãe ao cortar pano, não hesitava nunca, nem errava. A mãe sabia tanto! Tita chamava-a de ( ) como quem diz ( ). Tentava não pensar as palavras, mas sabia que na mesma hora da tentativa tinha-as pensado. Oh, tudo era tão difícil. A mãe saberia o que ela queria perguntar-lhe intensamente agora quase com fome depressa depressa antes de morrer, tanto que não se conteve e
— Mamãe, o que é desquitada? — atirou rápida com uma voz sem timbre.
Tudo ficou suspenso, se alguém gritasse o mundo acabava ou Deus aparecia — sentia Ana Lúcia. Era muito forte aquele instante, forte demais para uma menina, a mãe parada com a tesoura no ar, tudo sem solução podendo desabar a qualquer pensamento, a máquina avançando desgovernada sobre o vestido de seda brilhante espalhando luz luz luz.
A mãe reconstruiu o mundo com uma voz maravilhosa e um riso:

— Eu precisava mesmo explicar para você a situação. Mas você é tão pequena!
Olhou a filha com carinho, procurando o jeito mais hábil. Pouco mais de sete anos, o que poderia entrar naquela cabecinha?
— Desquitada é quando o marido vai embora e a mãe fica cuidando dos filhos.
Pronto, estou livre — sentiu Ana Lúcia. Desquitada, desquitada, desquitada — repetiu sem medo. Sentia-se completa e nova. Alegrou-se por não precisar amar a mãe com aquela força de antes. Sendo apenas uma menina poderia cansar-se e então o que seria da mãe? Bom, que desquitada não fosse um insulto. Bom mesmo. Deixava-a livre para pensar e não pensar, coisa tão difícil que
— Marido é o pai? — ela quis confirmar, conquistando áreas que as outras crianças tinham naturalmente. A mãe sorriu e confirmou.
Tita sabia dizer "papai" porque a mãe não era desquitada — ia Ana Lúcia aprendendo, descobrindo. Havia muita coisa em que pensar naquela conversa. Por exemplo: o que ela chama de marido é o que eu chamo de pai. Essa é uma diferença entre mãe e filha.
Ela sabia cada vez mais.

O prazer de escrever em Ivan Angelo

O escritor e jornalista mineiro Ivan Angelo trabalhou nos principais jornais de Belo Horizonte (MG). Deu um grande passo em sua carreira quando mudou-se para São Paulo, em meados da década de 1960, para ser um dos fundadores do *Jornal da Tarde*. Também escreveu textos e roteiros para a TV Globo.

Em sua carreira literária, o autor coleciona prêmios, que começou a ganhar logo no primeiro livro de contos, *Duas faces*, de 1961. Seu segundo livro, *A festa* (romance, 1976), não só foi premiado como também traduzido para várias línguas. *Pode me beijar se quiser*, romance de 1997, ganhou o prêmio da Associação Paulista dos Críticos de Arte, na categoria juvenil.

Ivan Angelo sempre gostou de ler. E foi justamente do prazer desse hábito que nasceu a vontade de também escrever outras histórias, encantando as pessoas da mesma maneira que se sentia encantado ao descobrir um bom livro.

Nos pequenos fatos do cotidiano estão boas histórias, pescadas por Ivan Angelo.

Carlos Namba/Abril Imagens

Além disso, conforme ele mesmo costuma dizer, mexer com palavras é um constante desafio, como se perder em um labirinto.

Ao se tornar escritor, Ivan Angelo percebeu que poderia dialogar com o leitor, "questionando o texto complacente e sem novidade a que o acostumaram".

Ivan Angelo nasceu em Barbacena (MG) e mora em São Paulo desde 1965. Atualmente, escreve para revistas e jornais de todo Brasil.

Gaetaninho

António de Alcântara Machado

— Chi, Gaetaninho, como é bom!
Gaetaninho ficou banzando bem no meio da rua. O Ford quase o derrubou e ele não viu o Ford. O carroceiro disse um palavrão e ele não ouviu o palavrão.
— Eh! Gaetaninho! Vem pra dentro.
Grito materno sim: até filho surdo escuta. Virou o rosto tão feio de sardento, viu a mãe e viu o chinelo.
— Subito[1]!
Foi-se chegando devagarinho, devagarinho. Fazendo beicinho. Estudando o terreno. Diante da mãe e do chinelo parou. Balançou o corpo. Recurso de campeão de futebol. Fingiu tomar a direita. Mas deu meia-volta instantânea e varou pela esquerda porta adentro.
Eta salame[2] de mestre!
Ali na rua Oriente a ralé quando muito andava de bonde. De automóvel ou carro só mesmo em dia de enterro. De enterro ou de casamento. Por isso mesmo o sonho de Gaetaninho era de realização muito difícil. Um sonho.
O Beppino por exemplo. O Beppino naquela tarde atravessara de carro a cidade. Mas como? Atrás da tia Peronetta que se mudava para o Araçá[3]. Assim também não era vantagem.

---
1. Em italiano, já, neste instante, logo. (N.E.)
2. Na gíria, drible. (N.E.)
3. Cemitério de São Paulo. (N.E.)

Mas se era o único meio? Paciência.

Gaetaninho enfiou a cabeça embaixo do travesseiro.
Que beleza, rapaz! Na frente quatro cavalos pretos empenachados levavam a tia Filomena para o cemitério. Depois o padre. Depois o Savério noivo dela de lenço nos olhos. Depois ele. Na boleia do carro. Ao lado do cocheiro. Com a roupa marinheira e o gorro branco onde se lia: *Encouraçado São Paulo*. Não. Ficava mais bonito de roupa marinheira mas com a palhetinha nova que o irmão lhe trouxera da fábrica. E ligas pretas segurando as meias. Que beleza, rapaz! Dentro do carro o pai, os dois irmãos mais velhos (um de gravata vermelha, outro de gravata verde) e o padrinho seu Salomone. Muita gente nas calçadas, nas portas e nas janelas dos palacetes, vendo o enterro. Sobretudo admirando o Gaetaninho.

Mas Gaetaninho ainda não estava satisfeito. Queria ir carregando o chicote. O desgraçado do cocheiro não queria deixar. Nem por um instantinho só.

Gaetaninho ia berrar mas a tia Filomena com a mania de cantar o *Ahi, Mari!* Todas as manhãs o acordou.

Primeiro ficou desapontado. Depois quase chorou de ódio.

Tia Filomena teve um ataque de nervos quando soube do sonho de Gaetaninho. Tão forte que ele sentiu remorsos. E para sossego da família alarmada com o agouro tratou logo de substituir a tia por outra pessoa numa nova versão de seu sonho. Matutou, matutou e escolheu o acendedor da Companhia de Gás, seu Rubino, que uma vez lhe deu um cocre danado de doído.

Os irmãos (esses) quando souberam da história resolveram arriscar de sociedade quinhentão no elefante. Deu a vaca. E eles ficaram loucos de raiva por não haverem logo adivinhado que não podia deixar de dar a vaca mesmo.

O jogo na calçada parecia de vida ou morte. Muito embora Gaetaninho não estava ligando.

— Você conhecia o pai do Afonso, Beppino?
— Meu pai deu uma vez na cara dele.
— Então você não vai amanhã no enterro. Eu vou!
O Vicente protestou indignado:
— Assim não jogo mais! O Gaetaninho está atrapalhando!
Gaetaninho voltou para o seu posto de guardião. Tão cheio de responsabilidades.
O Nino veio correndo com a bolinha de meia. Chegou bem perto. Com o tronco arqueado, as pernas dobradas, os braços estendidos, as mãos abertas, Gaetaninho ficou pronto para a defesa.
— Passa pro Beppino!
Beppino deu dois passos e meteu o pé na bola. Com todo o muque. Ela cobriu o guardião sardento e foi parar no meio da rua.
— Vai dar tiro no inferno!
— Cala a boca, palestrino[4]!
— Traga a bola!
Gaetaninho saiu correndo. Antes de alcançar a bola um bonde o pegou. Pegou e matou.
No bonde vinha o pai do Gaetaninho.

A gurizada assustada espalhou a notícia na noite.
— Sabe o Gaetaninho?
— Que é que tem?
— Amassou o bonde!
A vizinhança limpou com benzina suas roupas domingueiras.

Às dezesseis horas do dia seguinte saiu um enterro da rua do Oriente e Gaetaninho não ia na boleia de nenhum dos carros do acompanhamento. Ia no da frente dentro de

---

4. Torcedor do Palestra Itália, antigo nome da Sociedade Esportiva Palmeiras, clube desportivo de São Paulo. (N.E.)

um caixão fechado com flores pobres por cima. Vestia a roupa marinheira, tinha as ligas, mas não levava a palhetinha.

Quem na boleia de um dos carros do cortejo mirim exibia soberbo terno vermelho que feria a vista da gente era o Beppino.

António de Alcântara Machado, direto ao ponto

Uns o classificam como modernista. Outros, mais cautelosos, como moderno.

Modernista ou moderno, o estilo de Alcântara Machado é inconfundível nas frases curtas, diretas e, principalmente, livres de qualquer traço de pedantismo. Assim como Mário e Oswald de Andrade, participou da revolução na linguagem e na literatura do conhecido Movimento Modernista, que teve como marco a famosa Semana de Arte Moderna de 1922.

O escritor retratou quase documentalmente os imigrantes italianos e operários da São Paulo dos anos 1920.

Com uma linguagem quase jornalística, o escritor documentou realidades diversas das metrópoles que cresciam nos anos 1920: retratou o cotidiano e os costumes daqueles que ficavam isolados do progresso — os imigrantes italianos, a grande massa de operários responsável pela construção da modernidade.

Alcântara Machado foi advogado, político e jornalista, mas o que ficou mesmo para a história foi sua obra literária, em livros como *Pathé-Baby* (crônicas); *Brás, Bexiga e Barra Funda* (contos), *Laranja da China* (contos), *Mana Maria* (romance) e *Cavaquinho e Saxofone* (crônicas e artigos).

Nasceu em São Paulo em 1901 e morreu no Rio de Janeiro, em 1935.

Aos vinte anos

Aluísio Azevedo

Abri minha janela sobre a chácara. Um bom cheiro de resedás e laranjeiras entrou-me pelo quarto, de camaradagem com o sol, tão confundidos que parecia que era o sol que estava recendendo daquele modo. Vinham ébrios de Abril. Os canteiros riam pela boca vermelha das rosas; as verduras cantavam, e a república das asas papeava, saltitando, em conflito com a república das folhas. Borboletas doidejavam, como pétalas vivas de flores animadas que se desprendessem da haste.

Tomei a minha xícara de café quente e acendi um cigarro, disposto à leitura dos jornais do dia. Mas, ao levantar os olhos para certo lado da vizinhança, dei com os de alguém que me fitava; fiz com a cabeça um cumprimento quase involuntário, e fui deste bem pago, porque recebi outro com os juros de um sorriso; e, ou porque aquele sorriso era fresco e perfumado como a manhã daquele Abril, ou porque aquela manhã era alegre e animadora como o sorriso que desabotoou nos lábios da minha vizinha, o certo foi que neste dia escrevi os meus melhores versos e no seguinte conversei a respeito destes com a pessoa que os inspirou.

Chamava-se Ester, e era bonita. Delgada sem ser magra; morena, sem ser trigueira; afável, sem ser vulgar: uns olhos que falavam todos os caprichosos dialetos da ternura; uma boquinha que era um beijo feito de duas pétalas; uns dentes melhores que as joias mais valiosas de Golconda[1]; cabelos mais lindos do que aqueles com que Eva escondeu o seu primeiro pudor no paraíso.

Fiquei fascinado. Ester enleou-me todo nas teias da formosura, penetrando-me até ao fundo da alma com os irresistíveis tentáculos dos seus dezesseis anos. Desde então conversamos todos os dias, de janela contra janela. Disse-me que era solteira, e eu jurei que seríamos um do outro.

Perguntei-lhe uma vez se me amava, e ela, sorrindo, atirou-me com um bogari que nesse momento trazia pendente dos lábios.

Aí! sonhei com a minha Ester, bonita e pura, noites e noites seguidas. Idealizei toda a existência de felicidade ao lado daquela meiga criatura adorável; até que um dia, já não podendo resistir ao desejo de vê-la mais de perto, aproveitei-me de uma casa à sua contígua, que estava para alugar, e consegui, galgando o muro do terraço, cair-lhe aos pés, humilde e apaixonado.

— Ui! que veio o senhor fazer aqui? perguntou-me trêmula, empalidecendo.

— Dizer-te que te amo loucamente e que não sei continuar a viver sem ti! Suplicar-te que me apresente a quem devo pedir a tua mão, e que marques um dia para o casamento, ou então que me emprestes um revólver e me deixes meter aqui mesmo duas balas nos miolos!

Ela, em vez de responder, tratou de tirar-se do meu alcance e fugiu para a porta do terraço.

— Então?... Nada respondes?... inquiri no fim de alguns instantes.

— Vá-se embora, criatura!

— Não me amas?

— Não digo que não; ao contrário, o senhor é o primeiro rapaz de quem eu gosto, mas vá-se embora, por amor de Deus!

---

1. Antiga cidade da Índia, famosa pelos diamantes e tesouros legendários. (N.E.)

— Quem dispõe de tua mão?
— Quem dispõe de mim é meu tutor...
— Onde está ele? Quem é? Como se chama?
— Chama-se José Bento Furtado. É capitalista, comendador, e deve estar agora na praça do comércio.
— Preciso falar-lhe.
— Se é para pedir-me em casamento, declaro-lhe que perde o seu tempo.
— Por quê?
— Meu tutor não quer que eu case antes dos vinte anos e já decidiu com quem há de ser.
— Já?! Com quem é?
— Com ele mesmo.
— Com ele? Oh! E que idade tem seu tutor?
— Cinquenta anos.
— Jesus! E a senhora consente?...
— Que remédio! Sou órfã, sabe? de pai e mãe... Teria ficado ao desamparo desde pequenina se não fosse aquele santo homem.
— É seu parente?
— Não, é meu benfeitor.
— E a senhora ama-o?...
— Como filha sou louca por ele.
— Mas esse amor, longe de satisfazer a um noivo, é pelo contrário um sério obstáculo para o casamento... A senhora vai fazer a sua desgraça e a do pobre homem!
— Ora! o outro amor virá depois...
— Duvido!
— Virá à força de dedicação por parte dele e de reconhecimento por minha parte.
— Acho tudo isso imoral e ridículo, permita que lho diga!
— Não estamos de acordo.
— E se eu me entender com ele? se lhe pedir que me dê, suplicar, de joelhos, se preciso for?... Pode ser que o homem, bom, como a senhora diz que é, se compadeça de mim, ou de nós, e...

— É inútil! Ele só tem uma preocupação na vida: ser meu marido!
— Fujamos então!
— Deus me livre! Estou certa de que com isso causaria a morte do meu benfeitor!
— Devo, nesse caso, perder todas as esperanças de...?
— Não! Deve esperar com paciência. Pode bem ser que ele mude ainda de ideia, ou, quem sabe? pode ser que morra antes de realizar o seu projeto...
— E acha a senhora que esperarei, sabe Deus por quanto tempo! sem sucumbir à violência da minha paixão?...
— O verdadeiro amor a tudo resiste, quanto mais ao tempo! Tenha fé e constância é só que lhe digo. E adeus.
— Pois adeus!
— Não vale zangar-se. Trepe de novo ao muro e retire-se. Vou buscar-lhe uma cadeira.
— Obrigado. Não preciso. Faço todo o gosto em cair, se me escorregar a mão! Quem me dera até que morresse da queda, aqui mesmo!
— Deixe-se de tolices! Vá!
— Dê-me ao menos um beijo, para a viagem!
— Nem meio!
— Nada?
— Nada. Vá!

Saí, saí ridiculamente, trepando-me pelo muro, como um macaco, e levando o desalento no coração. — Ah! maldito tutor dos diabos! Velho gaiteiro[2] e libertino! Ignóbil maluco, que acabava de transformar em fel todo o encanto e toda a poesia da minha existência! — A vontade que eu sentia era de matá-lo; era de vingar-me ferozmente da terrível agonia que aquele monstro me ferrara no coração!

— Mas não as perdes, miserável! Deixa estar! prometia eu com os meus botões.

---

2 O mesmo que assanhado, saliente. (N.E.)

Não pude comer, nem dormir, durante muitos dias. Entretanto, a minha adorável vizinha falava-me sempre, sorria-me, atirava-me flores, recitava os meus versos e conversava-me sobre o nosso amor. Eu estava cada vez mais apaixonado.

Resolvi destruir o obstáculo da minha felicidade. Resolvi dar cabo do tutor de Ester.

Já o conhecia de vista; muita vez encontramo-nos à volta do espetáculo, em caminho de casa. Ora a rua em que habitava o miserável era escusa e sombria... Não havia que hesitar: comprei um revólver de seis tiros e as competentes balas.

— E há de ser amanhã mesmo! jurei comigo.

E deliberei passar o resto desse dia a familiarizar-me com a arma no fundo da chácara; mas logo às primeiras detonações, os vizinhos protestaram; interveio a polícia, e eu tive de resignar-me a tomar um bonde da Tijuca e ir continuar o meu sinistro exercício no hotel Jordão.

Ficou, pois, transferido o terrível desígnio para mais tarde. Eram alguns dias de vida que eu concedia ao desgraçado.

No fim de uma semana estava apto a disparar sem receio de perder a pontaria. Voltei para o meu cômodo de rapaz solteiro; acendi um charuto; estirei-me no canapé e dispus-me a esperar pela hora.

— Mas, pensei já à noite, quem sabe se Ester não exagerou a cousa?... Ela é um pouquinho imaginosa... Pode ser que, se eu falasse ao tutor de certo modo... hein? Sim! é bem possível que o homem se convencesse e... Em todo o caso, que diabo, nada perderia eu em tentar!... Seria até muito digno de minha parte...

— Está dito! resolvi, enterrando a cabeça entre os travesseiros. Amanhã procuro-o; faço-lhe o pedido com todas as formalidades; se o estúpido negar — insisto, falo, discuto; e, se ele, ainda assim, não ceder, então bem — zás! morreu! Acabou-se!

No dia imediato, de casaca e gravata branca, entrava eu na sala de visitas do meu homem.

Era domingo, e apesar de uma hora da tarde, ouvi barulho de louça lá dentro.

Mandei o meu cartão. Meia hora depois apareceu-me o velhote, de rodaque branco, chinelas, sem colete, palitando os dentes.

A gravidade do meu trajo desconcertou-o um tanto. Pediu-me desculpa por me receber tão à frescata, ofereceu-me uma cadeira e perguntou-me ao que devia a honra daquela visita.

Que, lhe parecia, tratava-se de cousa séria...

— Do que há de mais sério, senhor comendador Furtado! Trata-se da minha felicidade! do meu futuro! Trata-se da minha própria vida!...

— Tenha a bondade de pôr os pontos nos ii...
— Venho pedir-lhe a mão de sua filha...
— Filha?
— Quer dizer: sua pupila...
— Pupila!...
— Sim, sua adorável pupila, a quem amo, a quem idolatro e por quem sou correspondido com igual ardor! Se ela não o declarou ainda a V. S.ª é porque receia com isso contrariá-lo; creia, porém, senhor comendador, que...
— Mas, perdão, eu não tenho pupila nenhuma!
— Como? E D. Ester?...
— Ester?!...
— Sim! a encantadora, a minha divina Ester! Ah! Ei-la! É essa que aí chega! exclamei, vendo que a minha estremecida vizinha surgiu na saleta contígua.

— Esta?!... balbuciou o comendador, quando ela entrou na sala, mas esta é minha mulher!...

— ?!...

Aluísio Azevedo, o precursor de estilos

Aluísio Azevedo revelou as mazelas e os preconceitos da sociedade brasileira do século XIX.

Quem pensa que só de romances água com açúcar se alimentava a literatura brasileira do final do século XIX, está muito enganado.

O avanço de ideias liberais que derrubaram a Monarquia, a urbanização do Rio de Janeiro e o nascimento do chamado "homem burguês" frente à pobreza que desde sempre existira no Brasil já não deixavam a natureza, o amor puro e as lindas donzelas do Romantismo serem as únicas fontes de inspiração dos escritores. Surgia o Realismo.

Era preciso falar com objetividade e acercar-se cada vez mais dos métodos científicos que surgiam para retratar a realidade. Em vez de castelos e florestas soturnas, os romances realistas se desenrolavam nas cidades. Era no ambiente urbano que os personagens expunham as suas loucuras e patologias.

Em 1881, o escritor Aluísio Azevedo lançou *O mulato*, romance que causou escândalo na sociedade da época. Nele, Azevedo trazia a mais pura linguagem realista e tratava de um tema nada digerível: o preconceito racial.

Com este romance, Aluísio obteve projeção nos meios literários e passou a publicar seus romances em forma de folhetim, nos jornais da época. A princípio, obras menores e feitas apenas para garantir seu sustento. Depois, cada vez mais ligadas à observação e análise dos problemas sociais. Dessas análises surgiriam seus romances mais importantes: *Casa de pensão* (1884) e *O cortiço* (1890).

Aluísio Azevedo encerrou sua carreira de romancista em 1895 e ingressou na diplomacia.

Foi nomeado cônsul em 1910 e foi para Assunção, logo assumindo um posto em Buenos Aires. Lá faleceu, aos 56 anos de idade. Seis anos depois, sua urna funerária chegou a São Luís do Maranhão, cidade em que nascera em 1857, onde foi sepultado definitivamente.

Mudanças

O elo partido

Otto Lara Resende

Subitamente, não sabia mais como se ata o nó da gravata. Era como se enfrentasse uma tarefa desconhecida, com que nunca tinha tido qualquer familiaridade. Recomeçou do princípio. Uma vez, outra vez — e nada. Suspirou com desânimo e olhou atento aquele pedaço de pano dependurado no seu pescoço. Vagarosamente, tentou dar a primeira volta — e de novo parou, o gesto sem sequência. Viu-se no espelho, rugas e suor na testa: a mão esquerda era a direita, a mão direita era a esquerda.

— Vou descendo — anunciou a mulher, impaciente.

— Escuta — disse ele forçando o tom de brincadeira. — Como é que se dá mesmo nó em gravata?

— Engraçadinho — e a mulher saiu sem olhá-lo.

Quanto tempo durou aquela hesitação? Essa coisa familiar, corriqueira, cotidiana — dar o nó na gravata. Uns poucos segundos, um minuto, dois minutos ou mais? O tempo da ansiedade, não o do relógio. Não fazia calor, e nas costas das suas mãos começou a porejar um suor incômodo. Assim como surgiu, na mesma vertigem, passou: logo suas mãos inconscientes se organizaram e, independentes, sem comando, ataram a gravata e o puseram em condições de, irrepreensivelmente vestido, sair de casa. Ia a um jantar.

Estimulado pelo uísque, desejoso de atrair a atenção dos circunstantes, ocorreu-lhe, no meio da conversa, contar o pequeno incidente pitoresco:

— Agora mesmo, em casa. Ao me vestir. Esqueci como é que se dá o nó da gravata.

E antes que despertasse qualquer curiosidade, uma chave se torceu dentro dele. O fato insignificante deixou de ser engraçado. Uma aflição mordeu-o no íntimo. Como uma luz que se apaga. Uma advertência. Um sinal que anuncia, que espreita e ameaça.

— Essa é boa — curioso ou simplesmente gentil, um dos ouvintes procurou estimulá-lo.

Mas o ter esquecido como se dá o nó da gravata já não era apenas um incidente pitoresco. Disfarçou o próprio desconforto e, grave, interditado, sentiu a língua travada, como se esquecer como é que se ata a gravata fosse logicamente sucedido da incapacidade de contar.

Apenas um lapso, que pode acontecer com qualquer um. Tolice sem importância. E nem se lembrou mais, até que dias depois, achando graça, a mulher tirou-o da dificuldade: atou por ele a gravata desfeita na sua mão. Uma terceira vez ocorreu dois dias depois. "Estou ficando gagá", pensou, entre divertido e irritado. Retirou-se do espelho e procurou com calma recuperar a inocência perdida. Pois era como ter perdido a inocência, de súbito autoconsciente.

Mas logo esqueceu e saiu para a rua, como todo dia. Pegou o carro e, autômato, foi até o edifício do escritório. Estava na fila do elevador, quando deu acordo de si. Era o terceiro da fila. Bem disposto, recém-banhado, cheirando à nova loção de barba, o estômago nutrido pelo recente café da manhã, olhava com magnanimidade o dia que o esperava, o mundo em torno. Pulsava nas suas veias sãs uma suculenta harmonia. Presente tranquilo, futuro próspero. Confiava em si, confiava na vida.

Só o elevador demorava mais do que de costume, pequeno borrão na manhã alegre e amiga. Não fazia sentido aquela demora que, de repente, perturbou-o como um cisco no olho. Agarrado à pasta como se temesse perdê-la, verificou que o elevador continuava parado no sétimo andar, exatamente o do seu escritório. Queria não pensar em nada, apenas esperar como todo mundo, mas via com nitidez, como se estivesse de corpo presente no sétimo andar, um contínuo fardado a segurar a porta do elevador que se abria e se fechava por meio de uma célula fotoelétrica. Dois homens tentavam a custo enfiar dentro do carro uma mesa de escritório. Era a sua mesa, mas muito maior. Seus papéis pessoais, sua caneta, as gavetas devassadas.

Fechou os olhos, meio tonto, reabriu-os. A fila crescia, ninguém conhecido. Olhou a nuca do homem à sua frente: toutiço sólido, de cinquentão próspero. Jurava que agora o elevador vinha descendo. Quis certificar-se e deu com a luzinha sempre acesa no sétimo andar. Outra vez, como se tudo assistisse, viu o contínuo segurando a porta do elevador e dois homens de macacão tentando irritadamente encaixar lá dentro a mesa enorme. Na fila, ninguém dava mostra de impaciência. A rua ao sol lá fora — gente e carros passando — movimentava-se como todo dia. Pouco adiante, matinal, recém-florido, aparecia um trecho do jardim.

Mas o elevador continuava parado no sétimo andar. Retirou o lenço do bolso e, a pasta debaixo do braço, enxugou a fronte e o pescoço. Vinha-lhe de longe um desconforto a princípio moral — como se tivesse cometido uma falta grave que ali mesmo ia ser descoberta. Depois um mal-estar físico, como se tivesse perdido a carteira, alguma coisa que o diminuísse, uma vez desaparecida. Olhou o relógio de pulso, procurou conformar-se, esquecer que esperava. Há quanto tempo esperava o elevador? No sétimo andar, a mesa, a sua mesa, era grande demais para passar pelas portas que o contínuo continuava a imobilizar.

Dentro dele, um desejo minucioso de examinar-se. Como costumava fazer quando ia viajar. Arrumar a mala sem esquecer nada, um lenço sequer. Começava pela cabeça: pente, escova, loção. O aparelho de barba. As gravatas, as camisas, as cuecas. Peça por peça, ia passando tudo em revista. Mas naquele momento era como se tivesse esquecido qualquer coisa que não identificava. Que o condenava aos olhos da fila cada vez mais numerosa.

Quando a revisão a que se submetia chegou aos pés, ocorreu-lhe que tinha se esquecido de calçar as meias. Tentou sorrir da dúvida disparatada. E queria lembrar-se, ter certeza das suas meias, do momento em que as calçara. Recompunha cada detalhe de tudo que tinha feito desde o momento em que acordara. A barba, o banho de chuveiro, todos os atos que, automáticos, inauguravam um novo dia, um homem novo. Usava habitualmente só as meias cinzas, azuis e pretas.

De que cor eram, naquele momento, as suas meias? Um desejo ardente de esticar uma perna, depois a outra, arregaçar as calças e olhar, comprovar. Mas o medo irracional do ridículo, com se toda a fila acompanhasse a sua preocupação e esperasse apenas um gesto de sua parte para vaiá-lo. Sorriu sem sorrir, o sangue estremeceu pela altura do peito até o pescoço. Lá em cima, no sétimo andar interminável, continuava a luta para meter a imensa mesa no elevador — e era como se estivesse presente, a tudo assistia.

A obsessão agarrou-o: de que cor eram as meias, de que cor? As suas meias, as que usava naquele exato momento. De que cor eram? Procurou se lembrar das circunstâncias com que em casa se vestiu, sua rotina, uma cadeia de gestos repetidos inconscientemente. Mas agora precisava lembrar-se: as meias? Tinha vontade de suspender a calça e olhar, mas se continha. Nada o denunciava, um cidadão como outro qualquer, um cavalheiro, impecável, à espera do elevador, que todavia não se deslocava do sétimo andar — a luzinha continuava acesa. E ninguém, na fila aumentando, se impacientava. Como se só a ele coubesse quebrar o silêncio. Todos o observavam.

Até que foi invadido pela certeza cruel de que usava meias vermelhas, um grito de sangue na sua indumentária azul. A gravata era azul, podia ver. A camisa era branca. O terno era azul. Mas as meias. As meias berrantemente vermelhas tornavam os seus pés alheios, episcopais. Estava de pé sobre pés estranhos, sapatos quem sabe de fivela e meias cardinalícias. Seriam rubras, eram, podiam ser?

Enxugou o suor no rosto, agarrou-se aflito à pasta como se, para existir, para continuar na fila, precisasse dela. A fila silenciosa, irritantemente tranquila, aguardava um sinal para protestar, começar o motim. A manhã perfeita, luminosa. Lá fora, os carros e as pessoas passando. Mas as meias eram inabsorvíveis. Onde é que fora arranjar aquele par de meias, santo Deus? Ocultas ainda sob as calças, ameaçavam vir a público, denunciá-lo. Agora tinha definitivamente certeza: um escândalo, ridículo, um vermelho-vivo como o sangue fresco de um touro.

Súbito, como se tivesse estado distraído, ou dormindo, o elevador escancarou a porta no andar térreo. Sentiu-se paralisado, preso ao chão, incapaz de locomover-se como as pessoas à sua frente, como os que se postavam às suas costas. Procurava, pasmo, os dois homens de macacão, o contínuo uniformizado — e a mesa, a sua mesa. Mas só vai o elevador, como sempre, como todos os dias. Foi preciso quase que o empurrassem, as grotescas meias vermelhas, para que ele, morto de vergonha, sem poder olhar os próprios pés, se animasse a entrar no elevador.

Saltou no sétimo andar e, por um triz, ia deixando cair a pasta. Trancou-se na sua sala. A mesa, devolvida às dimensões normais, continuava lá, imóvel. Finalmente tomou coragem para verificar. Suspendeu as calças, fixou com espanto as próprias pernas: agora de novo as suas meias eram azuis. E os sapatos voltavam a ser os seus sapatos. Movia-se outra vez com os próprios pés. O telefone o chamava. Foi falar ao telefone. E o dia prosseguiu, na sua confortável rotina. Nem de longe podia pensar em contar para alguém. Não havia o que contar.

O tempo passou. Nada fora do comum aconteceu nas semanas seguintes. A não ser um pequeno desmaio da memória: esquecera o nome de um amigo de infância. Teimoso, ideia fixa, passou horas tentando lembrar. Não podia dormir sem que lhe viesse o nome que escapava. Uma falha na cadeia lógica e vulgar das lembranças que cercavam aquele antigo colega de ginásio. Puxando pela memória, reavivou pormenores há muito sepultados pelo tempo. Mas o nome. O nome não lhe ocorria. Sob a língua. Ou na ponta da língua, mas inarticulado, desfeito. Como a gravata, trapo inútil incapaz de organizar-se no nó. Tinha de esquecer que esquecera, para então recuperar, espontâneo, o que com esforço não conseguia arrancar de dentro de si mesmo. Tudo perfeito, alerta, mas um pequeno colapso insistente, inexplicável. Via a cara do companheiro, ouvia-lhe a voz, podia descrevê-lo traço por traço. Mas o nome. O nome por atar. Dormiu frustrado, mais aborrecido do que seria natural diante de lapso tão inexpressivo.

— Gumercindo — no meio da noite acordou assustado e tinha na boca, de graça, atado, o nome que em vão perseguira antes de dormir.

Amnésias assim, sabia, acontecem a todo mundo. Não chegam a ser tema de conversa. Deu de ombros, não comentou nem com a mulher. Dois ou três dias depois, porém. Numa noite em que se recolheu mais cedo, morto de sono. Fisicamente exausto, atirou-se pesadamente à cama e não conseguia deitar-se a cômodo, como toda noite.

— Como é mesmo que eu durmo? — queria saber qual a posição que habitualmente tomava para dormir. A postura que usava no sono, insabida. Probleminha idiota, mas que o desorganizava mentalmente e súbito o lançava numa aflita perplexidade física. Deste lado: não era. Virou-se do outro lado: também não era. Estendeu-se de costas: as mãos sobravam, os braços não se incorporavam à rotina. Como distribuir o corpo na cama? Cruzou as mãos e pareceu sinistro, fúnebre. Era como se antecipasse o defunto que não queria ser. Angustiante ideia da morte.

Até que associou o mal-estar com a primeira vez que não soubera dar o nó na gravata. Alguma coisa de comum, um escondido traço unia um episódio ao outro. Nada de particularmente alarmante, só uma ponta de grotesco. Vexame. Ajeitou o travesseiro e enfiou a cara no colchão como se procurasse com alívio uma forma de sufocação. Insustentável, esticou as pernas e dividiu-se em dois. Recolheu as pernas, dobrou os joelhos, mas ainda assim não conseguiu retomar a naturalidade. Buscava um ponto de equilíbrio e não o achava. Seu corpo exigia um prumo inencontrável. De barriga para baixo, a cabeça sobrava, pesava, descomprometida. Não era assim. Nunca foi assim. E o tempo passava, o sono não vinha. Sentado na cama, passou a mão pelos cabelos ralos e procurou controlar-se. Que é que estava acontecendo? Ansiedade sem sentido, tolice. Decidiu recomeçar do princípio e ainda sorriu do próprio embaraço. Tinha a sua graça. Um cidadão morto de sono esquecer como é que costuma dormir. Virou a cabeça para a esquerda. Para a direita. Para a esquerda. Para a direita. A cabeça sobejava mesmo. Num princípio de tonteira, a cabeça cresceu de volume e desprendeu-se do corpo, que agora lhe parecia estranho, como se não fosse dele. Outra vez esticado, recolheu as pernas, dobrou os joelhos na altura da barriga. Enfiou as mãos entre os joelhos, enroscado em si mesmo, fetal. Suportou aquela disciplina por alguns minutos, resistindo ao desejo de se levantar, fugir da cama, do sono, de si mesmo. Vontade de esquecer-se, abandonar o próprio corpo, com que já não se sentia solidário.

— Como é mesmo que eu durmo? Como é raios que eu sempre dormi em toda a minha vida? — e não se sentia anatomicamente confortável, como se tivesse perdido uma chave sem qualquer importância — até perdê-la.

Como todas as noites, serena, abandonada, sem arquitetura, a mulher dormia ao seu lado. Impensável acordá-la para perguntar como é que ele dormia. Ficaria uma fera com a brincadeira sem graça. Ou ia pensar que estava louco. Pé ante pé, levantou-se no escuro e foi até a copa. Tudo rigorosamente normal. De pé, seu corpo era do tamanho de sempre, articulado. Abriu a geladeira — a luz da geladeira rasgou um cone de claridade na copa — e bebeu sem sede um copo dágua. Só percebeu que estava descalço quando pisou nos ladrilhos do banheiro social. Sem acender a luz, o medo de não se ver no espelho. O medo de não se reconhecer arrepiou-o. Outra cara, infamiliar, ou quem sabe sem cara. Acendeu a luz: afinal era ele mesmo, banalmente. Com alívio, reapertou a calça frouxa do pijama. Saiu do toalete sem apagar a luz e, outra vez na copa, tomou um comprimido para dormir e, com a mão trêmula, levou um copo dágua para o quarto. A mulher dormia tranquila. Todo mundo dormia. Devagarinho, sem alterar a respiração, meteu-se debaixo dos lençóis, de costas, os olhos fechados.

E começou a flutuar no espaço. Abria os olhos, continuava a boiar, mais baixo, mais baixo, até chegar ao nível da cama. Fechava os olhos e o jogo recomeçava. Ora só o corpo, girando circularmente, subindo, descendo. Ora o corpo e com o corpo a cama, rodando depressa, mais depressa. Abria os olhos, parava. Mudou de posição: de bruços, como no seu tempo de criança. A mãe lhe trazia o xarope no meio da noite e lhe recomendava que se deitasse de bruços, para vencer o acesso de tosse. Antigamente. Mas agora o sono não vinha. A ponta do sono, inagarrável. O sono desfeito como um novelo amontoado, sem começo nem fim. Sem nó.

Pacientemente, deitou-se do lado direito. Depois do lado esquerdo. Não insistiu na postura: encolheu as pernas, esticou os braços. Um braço recolhido e o outro estendido ao longo do corpo. Não reencontrava a perdida intimidade consigo mesmo. Não sabia mais deitar-se e dormir. Ficou quieto, tentando esquecer, sem pensar. Deflagrada, a insônia recusava-se a apagar dentro dele a sua luz amarela. Desejo de absorver-se, reorganizar-se, pedaço por pedaço. Membro por membro. Reintegrar-se. Esquecer-se para dormir. Recostado contra o travesseiro, meio sentado, a noite tinha ancorado para sempre num porto de fadiga e torpor. Noite longa, lenta, oleosa, de silêncio e vácuo.

Um chinelo pendendo do pé, cochilou na cadeira de balanço, como um agonizante, afinal entregue, que sem convicção espera o amanhecer. Despertou com o corpo dolorido, os pés inchados — na árvore da rua a algazarra dos pardais despertos. O dia clareando, libertou-se da insônia e se meteu na cama até a hora do costume.

Dia estafante, devolvido à rotina como se nada demais tivesse acontecido. Só à noite contou o caso, a insônia, para a mulher, que ouviu calada, irrelevante. Mas não contou o que agora lhe parecia absurdo: esquecer-se, como quem perde uma chave, de como deitar-se para dormir. Era um segredo e uma ameaça. E à distância de algumas horas, remoto como uma experiência alheia.

Naquela mesma noite levou para o quarto e para a cama o temor de que tudo ia se repetir. Pegou um livro, mas não conseguia prestar atenção à leitura. Ligou o rádio. Demorou-se no banheiro. Entrou e saiu do quarto, cortou aplicadamente as unhas dos pés. Ao espelho, observou as rugas nos cantos dos olhos, o cabelo ralo. Com uma pinça, tirou uns fios mais espessos das sobrancelhas. Espremeu os cravos do nariz e arrancou dois ou três cabelos encravados da barba. Queria afastar a lembrança da véspera. Distrair-se.

E dormiu naturalmente, como todo dia. O cotidiano refeito, as noites tranquilas, repousantes. Até que uma semana depois:

— Esqueci como é que eu durmo — disse ansioso à mulher.

— Bobagem — ela resmungou, morta de sono.

— Minha posição na cama.

— Deita e dorme — disse a mulher imperativa, sem olhá-lo.

Foi a primeira insônia completa de sua vida. Noite branca, hora a hora, minuto após minuto, segundo por segundo. Virava e revirava-se na cama, esbarrava no mesmo desconforto. A vida deixava de fluir. Uma parada, um branco, uma ausência. A falta de uma ponte. Um elo perdido. Levantava-se, procurava esquecer, desligar-se daquele segredo comprometedor. Ligar as duas pontas do que sempre fora ao que devia continuar sendo, sem interrupção. Fumou cigarro atrás de cigarro. Porque não queria fumar fumava mais. Andava pela casa. Olhava pela janela a rua — a calçada vazia, a árvore, as lâmpadas acesas. Pensou, lembrou, repensou, relembrou. Cruel, a noite vagarosa, a interminável noite ancorada. E a sua pequena desprotegida solidão, palpável, aborrecido plantão para nada. Estar só e acordado o fazia mais só, mais acordado. Velava a si mesmo. Tentou dormir no sofá da sala, mas nem o sofá nem a cama acolhiam naturalmente o seu corpo, o seu sono. Dormir era perder a própria companhia.

O dia claro, alto sol, a casa restituída à sua visão familiar, a cozinha e a copa recendendo ao café fresco, fez a barba, tomou banho e saiu. Foi trabalhar — a incomunicável insônia, de que à luz do sol se envergonhava. Era inverossímil. E era preciso guardar o segredo. Como se escondesse um malfeito infantil, sua culpa.

— Que é que há com você? — a mulher deu enfim sinal de perceber.

— Nada.

— Então dorme.

O horror de ir para a cama. E a impossibilidade de contar, partilhar sua vergonha. Ficou mais sozinho. Já não era igual a todo mundo. Tinha medo e orgulho — um homem diferente. Sua singularidade ameaçava, mas consolava também. Sentia-se mais próximo de si mesmo.

— Por que você não consulta um médico? — a mulher desconfiava.

Pequenos derrames imperceptíveis — leu numa revista vagas informações sobre problemas que os neurologistas estudam. Falhas de memória, hiatos convulsivos. Pensou em consultar mesmo um clínico: medir a pressão, o sangue. Mas não gostava de médico e confiava na saúde de ferro. Deixou de preocupar-se com o nó da gravata. Esqueceu a insônia. Ridículo contar a sério que, na hora de dormir, já não sabia como se deitar. Não tinha importância.

Uma tarde, ao falar pelo telefone. Era com o sócio, com quem se dava bem, prosperavam. A princípio apenas um mal-

-estar indefinido. Depois não conseguia se lembrar da cara do sócio. A voz conhecida, a conversa nítida, o riso de sempre, os mesmos cacoetes — mas como era mesmo a sua fisionomia? Desligou o telefone e teve a impressão de que estava pálido. Apertou a cabeça entre as mãos. Fechou e abriu os olhos, pontinhos volantes. Como é a cara dele? Transpirava como se estivesse numa sauna. E aquele vazio: a cara, como era a cara? A cara sonegada, escamoteada como um passe de mágica. Tudo o mais era como de costume, mas a penetrante sensação de aviso o ameaçava. Ansioso sinal, plano inclinado.

Trancou-se no banheiro e lavou várias vezes o rosto. Precisava refrescar-se, afogueado. Um frio fogo o queimava. No entanto, refletia no espelho, sua cara normal, até favorecida. Menos rugas, as entradas da testa menos cavadas. Seu definido perfil: era ele mesmo, sem qualquer alteração. Como todo mundo, tinha uma fisionomia pessoal e intransferível. Mas o sócio — como era o sócio? Estúpido vazio. Sabia-se despojado de qualquer coisa essencial e, pela primeira vez, frágil, desprotegido contra o que podia acontecer, teve medo, tremeu de medo. Era um compromisso que não queria aceitar, mas de que não conseguia desvencilhar-se. Precisava apelar para alguém, pedir socorro. Recuar do abismo, mudar de rumo, rejeitar o que podia vir, o que sobrevinha, iminente, incontornável — e não tinha nome, nem configuração.

Desligado de tudo, sem interesse pelo trabalho, foi para casa mais cedo. A casa podia protegê-lo. Leu sem pressa o jornal e ligou a televisão. Era um homem normal, um homem como qualquer outro, mas, por trás dos seus gestos, de sua normalidade, um vazio o convocava. Telefonou para a casa do sócio, não o encontrou. Desejo de sair para a rua, ver gente, cada qual com seu perfil. Ver o sócio, recuperá-lo — o que só foi possível no dia seguinte, quando se avistaram no escritório.

— Nunca me viu? — por um momento o sócio pareceu estranhar a maneira como ele o fixava.

Queria e já não podia contar. E não poder contar o isolava definitivamente, como se, a partir dali, tivesse mudado de lado, passado para a outra margem. Dava adeus ao que vinha sendo, a tudo que era — ao dia a dia, aos negócios, ao confortável cotidiano. Mas lutava. Para qualquer nova emergência, não seria apanhado desprevenido. Obsessivamente, arquivava, armazenava traço por traço do sócio, seu rosto de sempre, inesquecível, doravante inescamoteável.

Uma tarde muito quente, no escritório, o ar-condicionado ronronando, vinha da rua exaltado, feliz com o resultado de um negócio que há semanas se arrastava, quando precisou telefonar para a mulher. Ao discar — lembrava-se do número, claro — deu por falta de alguma coisa. Um pássaro que de repente levanta voo, uma paisagem que se oculta por trás de um obstáculo, um perfume que se esvai. Algo que se interrompe, curto-circuito na corrente elétrica. Uma ficha que desaparece. Ao alcance da mão, habitual, mecânico, um objeto que se subtrai — uma caneta, um par de óculos, uma anotação. Do outro lado da linha, na sua casa, o telefone chamava.

— Alô — disse ela.

Uma leve tonteira, como se levitasse, arrebentou-o. Perplexo, não aceitava o próprio silêncio e, para libertar-se, desligou. Sua mulher, não se lembrava da própria mulher. Seu nome, seu rosto — tudo permanecia a uma distância inatingível. Lá longe existia, não mais ao seu alcance. Entre ele e o que naturalmente sabia, seu patrimônio, um elo partiu-se, treva opaca, ausência. Mecanicamente, tirou a gravata e de pé, como num teste decisivo, refez o laço. Perfeito. Mas sua mulher. Às pressas, sem despedir-se, saiu imediatamente para casa.

— Chegou cedo — disse ela. — Alguma coisa?

— Dor de cabeça — ele disfarçou e, ao olhá-la, se convenceu do absurdo que era ter esquecido. Sua mulher. Ali estava inteira, com seu rosto, seu nome.

Trancou-se no quarto, espichou-se de costas na cama e leu de cabo a rabo o jornal da tarde. Uma incômoda sonolência fechou-lhe os olhos. A noite caiu sem que percebesse.

Acendeu a luz da cabeceira e retomou o jornal como se o lesse pela primeira vez. Voltou à primeira página. Lia e relia o mesmo texto, palavra por palavra. Chegava ao fim e era como se não tivesse lido. Lia sem ler, desligado. Queria estranhar, alarmar-se, mas era como se tivesse sido sempre assim. E a certeza de que assim seria sempre, sem volta possível. Deixou cair o jornal no chão e, esticado na cama, sem qualquer protesto, acompanhava com os olhos uma pequena bruxa a cabecear tonta contra o teto.

— Que é que você tem? — até que enfim a mulher veio chamá-lo.

— Nada — respondeu, e estava perfeitamente em paz, resignado.

Brancas paredes despojadas, largo silêncio sem ecos. Desprendera-se de tudo. A longa viagem ia começar, sem rumo, sem susto, para levar a lugar nenhum. Uma mulher acabou de entrar.

— Quem sou eu? — ele perguntou num último esforço. E, para sempre dócil, conquistado, nem ao menos quis saber seu nome.

Otto Lara Resende e as palavras

Otto Lara Resende nasceu em São João Del Rey, Minas Gerais, em 1922. Enquanto ainda era estudante de Direito em Belo Horizonte, já trabalhava como jornalista e professor.

Mas Otto gostava mesmo era de escrever, e em 1945 passou a viver exclusivamente do jornalismo, colaborando com diversos periódicos e revistas do Rio de Janeiro e de São Paulo.

Além de ser um excelente jornalista, Otto Lara Resende pertenceu ao famoso grupo de intelectuais mineiros que teve como expoentes Carlos Drummond de Andrade, Hélio Pellegrino, Fernando Sabino, Paulo Mendes Campos e Pedro Nava. Esse grupo se destacava não apenas pelos laços de companheirismo, mas principalmente pelo valor de seus escritos.

Jornalista, escritor, professor, Otto Lara Resende sempre foi diretamente ligado com a palavra.

O autor tinha uma necessidade quase compulsiva de se expressar. Além do prazer de um bom bate-papo, com uma fala mansa e bem-humorada, e de seu ganha-pão estar ligado ao mundo das palavras, nas horas vagas escrevia ainda mais, principalmente contos.

Aos 70 anos, em 1992, no Rio de Janeiro, Otto Lara Resende faleceu, depois de publicar livros de contos como *O lado humano*, *Boca do Inferno* e *As pompas do mundo*, além do romance *O braço direito*.

Herança

Ricardo Ramos

Nunca vi meu pai de camisa esporte. E quando ele morreu, minha mãe ficou olhando para mim. Eu tinha só dezessete anos.

Meu pai não falava nunca. E minha mãe me olhando, esperando, querendo que eu respondesse:

— O que é que ele diria no seu lugar?

Como é que eu ia saber? Ora o meu lugar, qual era? Minha irmã começando a sair, namorar, e a minha mãe me perguntando:

— Você acha que deve?

E eu com isso! Depois a história da casa, vende não vende. E a loja, abre não abre. Minha mãe sempre indecisa:

— O que é que eu faço?

Meu pai tinha sido um homem severo, quieto, de poucos amigos. Ia de ônibus para o trabalho, representações. Ia e vinha. Sem fazer onda, a vida inteira. E de repente morrendo, foi coração, e deixando tudo arrumado. Ninguém tinha percebido. Nem minha mãe:

— Eu não sabia o que era preocupação.

E não era obrigada a saber. Mas se arreliava, suspirando. Eu que sempre odiei suspiro ficava ali, ouvindo, com sono. A troco de quê? Ela suspirava por medo, atrapalhação, falta de jeito. Principalmente com dinheiro. Ou de sozinha, ou desamparo. Porque eu não era apoio nem companhia.

— Será que eu preciso vender a casa?

Isso era comigo separado, minha irmã por longe. Pra que afligir a menina? Eu entendia, mas não respondia logo. Falava depois, aos poucos, e assim mesmo pela metade. Quase perdi o ano.

— E a loja, não é boa ideia?

Artigos infantis, roupinhas de nenê, tudo para crianças. No estilo de *boutique*, Rua Augusta[1]. Uma das primeiras a aparecer. Era boa ideia, sim, devia ser bom negócio. Mas como garantir, assim de repente? Minha irmã se animava, ela que sempre se imaginou cercada de filhos, e eu calado, nem sim nem não. Afinal de contas, nunca vira a possibilidade de ganhar dinheiro vendendo coisas.

— O seu dever é me orientar.

Eu diante de minha mãe, ela me olhando, insistindo. Aborrecida, mais, irritada esperando por um conselho. Muito diferente.

Que história é essa de dever, eu me perguntava, quase estourando. Sempre evitei dar palpites, fazer boa ação, negócio de escoteiro. Minha irmã fora bandeirante uns oito anos. Ela sim, podia ajudar. Ou não podia? Eu me sentia covarde, inútil, diminuí demais. E talvez por isso não dissesse nada.

— Se seu pai fosse vivo...

Aí as comparações. E no meio delas, a surpresa de ver minha mãe me acusando: você sempre teve um problema com seu pai. Dito assim, na cara. Fiquei parado, calado, pensando naquilo. Seria mesmo verdade? Eu que a vida toda vinha andando meio por fora, meio para dentro, de mãos no bolso e cabeça baixa, podia ter lá problema com o velho? Logo ele, ausente e sem dizer nada, visto de longe. Que história é essa?

Minha mãe respondendo, e aprofundando, já entrando nessa mania de explicar as pessoas. Ele era um homem de tino, que pensava em tudo, fazia e acontecia, prestava aten-

---

1. Rua de São Paulo, famosa por suas lojas sofisticadas. (N.E.)

ção nela, nos filhos. Eu reparava, eu compreendia? Não, ficava distante, metido comigo mesmo, nesse isolamento que era doentio, nesse egoísmo. Era o meu jeito, não era? Não era não, isso de jeito não justifica nada, era o problema, o meu, estava muito claro. Eu nunca entendera meu pai.

Choque de gerações ia sendo aquilo. Mas o espanto foi maior, e a raiva baixou, e ficou mais uma dúvida quase triste, que me deixava remoendo as lembranças, achando às vezes que bem podia ser, outras que era tudo maluquice. Felizmente, para me ajudar, as perguntas de minha mãe acabaram.

Vendeu-se a casa, por bom preço. Deixamos Vila Mariana e viemos para o Jardim Paulista[2], o apartamento em três anos para pagar. Com o dinheiro que sobrou comprou-se a loja, como já disse na Augusta. A renda que meu pai deixara ficou maior.

Enquanto isso eu terminei o estudo e passei a trabalhar. De corretor, que estava dando muito, com um amigo que já vendera loteamentos, vilas, palacetes. Nessa vida sem horário, passava dias sem ver minha mãe ou minha irmã, sempre se revezando na loja. E quando as via, falávamos pouco. Do tempo de antes, ficara apenas um copo de leite, último cuidado maternal. Eu precisava me alimentar direito.

A loja firmou-se, cresceu, minha mãe alegrou-se de novo. Meus negócios também aumentaram. Descobri que podia falar, e falar fácil, quando o assunto não era meu, pessoal, ou apenas envolvia dinheiro. Aos poucos, fui desempenando. E vez por outra, os três juntos em casa, conversávamos como nunca.

Dinheiro ajuda muito, chega a melhorar as pessoas, e isso acontece até com os parentes. As perguntas de minha mãe voltaram. Mas ela decidia antes, e perguntava só de comparação, vamos ver o que você acha. Como faz hoje. Um dia, a propósito de uma partida qualquer que se atrasara, ela quis saber:

---

2. Referência a dois bairros paulistanos: Vila Mariana, tradicionalmente habitado pela classe média, e Jardim Paulista, uma das zonas mais nobres da cidade. (N.E.)

— Devo aceitar?
Eu que não entendo de roupas, fiquei um instante pensando, seria vantagem ou não. E ela rindo:
— Já aceitei. Se fosse esperar sua opinião, fechava a loja. Você é igualzinho a seu pai.

Ricardo Ramos, herdeiro literário

Filho de Graciliano Ramos, Ricardo herdou o amor e a devoção pelas palavras.

Filho de um dos mais importantes escritores brasileiros, Graciliano Ramos, Ricardo Ramos provou ter herdado do pai o talento e o dom para a escrita. Nascido em Palmeiras dos Índios, Alagoas, em 1929, Ricardo Ramos também seguiu o caminho da literatura.

Com apenas 14 anos de idade, Ricardo mudou-se para o Rio de Janeiro, onde estudou e se formou em Direito, sem nunca, porém, exercer a profissão.

Mais tarde, enveredou pelos caminhos da publicidade e, não contente em criar anúncios, resolveu também escrever para jornais e dar aulas de comunicação.

Sua iniciação como escritor aconteceu em 1948, quando passou a colaborar com vários jornais e suplementos literários do país. O gênero de que mais gostava era o conto, e dominava com maestria a técnica de montá-los.

Entre seus livros mais importantes estão *Os caminhantes de Santa Luzia* (novela), *Circuito fechado* (contos) e *As fúrias invisíveis* (romance).

Ricardo Ramos faleceu em São Paulo, em 1992.

O herói

Domingos Pellegrini

Quase acabando a tarde, ele resolveu que precisava salvar a honra do dia. Já tinha ficado de castigo, tinha contado todos os rabiscos da parede, depois tinha estudado uma hora marcada no relógio, decorando todas as cicatrizes da mesa; depois tinha visto o filme na TV, agora só tinha meia hora pra fazer do dia um grande dia. Passou o cordão do tambor no pescoço, catou a colher de pau e desceu a rua; atrás iam todos os outros soldados marchando na batida do tambor, e jipes, tanques e canhões.

Avançou na direção das buzinas: clarins da batalha onde ia ser herói, despedir da mãe e ser herói como no filme, marchar junto dos outros soldados contando piadas e comendo comida de lata até a hora da batalha (é quando a música aumenta), o herói vai chegando na avenida.

Na batalha todo mundo ia ver como aquele soldado grandão e papudo, o menino mais velho da casa da esquina, era covarde e ficava entocado na trincheira, o capacete enterrado na cabeça enquanto as bombas esparramavam terra. Ele não: saltava duma vez fora da trincheira e saía correndo sem parar — e então apressa a marcha batendo o tambor, um carro desvia mas ele não vê, está em plena batalha com todos os músculos e nervos, avançando; e ajuda um sujeito ferido, arrasta o coitado até uma cratera e continua, avançando sem parar de atirar e gritando aos companheiros, atirando e avançando e gritando e batendo no tambor, na outra mão a metralhadora — até que chega num monte de pedras e descarrega meia dúzia de rajadas, lá se foi uma casamata.

Sobe na casamata conquistada, olha pra trás e ouve um urro de vitória.

Então um cachorrinho atravessa a avenida, os carros buzinam.

O cachorrinho vacila com o rabo nas pernas e procura uma saída, correndo curto pra lá e pra cá, bombardeado pelas luzes — está anoitecendo e os carros já acenderam os faróis.

Mas não há nada a fazer: que pode a infantaria contra tanques? Tarefa da aviação — e o céu já está mais escuro que azul, é hora da janta.

O cachorrinho voa atropelado num ganido seco, quase um estralo — e cai aos pés do menino. Os faróis continuam sem parar. O bicho está ali embolado nas pedras, as pernas trançadas, a cabeça no chão.

O homem do posto de gasolina vem andando devagar. O menino vê uma baba vermelha escorrendo do focinho. O homem examina — É filhote.

E o menino vê que sangue borbulha, diferente dos filmes. É vermelho, mas é um vermelho vivo.

Os faróis passam mas o menino não pisca. O filhote respira borbulhando sangue pela boca, quer se arrastar à força de soluços. O menino recua.

O homem toca na barriguinha pelada, o filhote estremece e consegue se arrastar — mas logo para e continua soluçando. O olho virou uma bola vermelha.

A cabeça ergue tonta mas cai, cega e minando sangue também pela orelha. O homem vai até o posto, volta de revólver na mão.

— É preciso matar pra não sofrer mais.

— Não dá pra curar?

Um caminhão para no posto e buzina.

O homem arrasta o filhote pela pata até um pé de erva-cidreira. Afasta e, de costas, tapa a visão do menino — aí dá dois tiros.

O menino pega no chão a colher do tambor, e vai pra casa.
Não fala, não come. Fica mirando as batatas fumegando e a salada colorida, fria. A colher, o cachorrinho ao lado. A carne sangra pelos olhos, pelo focinho. Na toalha, o pão soluça se arrastando.

O pai e a mãe enfezaram — Come, moleque! — depois amansaram — Come, filho, come. E ele não comeu nada. Depois a mãe e o pai começaram discussão sobre a melhor maneira de estragar uma criança, o pai dizendo que ela mimava demais, ela dizendo que o pai é que era mimado pela vó, e no fim das contas empurraram de novo o prato pra ele — Come!
Ele empurrou de volta, uma tigela rachou no chão, o feijão fez uma poça. O pai levantou sem terminar o prato e ele adivinhou: ia ficar de castigo. Mas a vingança era não se importar, e não estava mesmo se importando. Não queria mesmo ver televisão. Nunca mais ia ver televisão.

Ficou uma hora no quarto, só com o abajur aceso e os olhos abertos.
O cachorrinho vinha rastejando na penumbra, soluço a soluço, até tocar nele com focinho frio.
Ele fechava os olhos, escuridão na escuridão — mas mesmo assim dois olhos suplicavam vidrados de vermelho.
Quando a mãe abriu a porta — Pode sair — saiu mais velho, devagar; e, antes de chegar ao fim do corredor, já misturava a vagareza com sangue-frio. Devagar mas decidido, igual o detetive do filme das nove, foi até a fruteira e tirou uma banana. A mãe esquentou as batatas e a carne, ele sentou sem falar nada nem olhar pra ninguém, e comeu.
Quando levantou da mesa viu o tambor e a colher num canto. O irmão menor ia acabar pegando, podia até furar o tambor.
Que furasse. Nunca mais ia tocar tambor.
Foi até a sala e espiou. Filme de espionagem.

O espião parecia o homem do posto de gasolina.

Mas o homem do posto de gasolina só vai rever o menino dias depois, junto com outros meninos revirando os pés de erva-cidreira.

Iam passando por ali quando sentiram fedor de carniça e ele contou: o filhote ganindo no ar, caindo feito pedra. Contou como tinha examinado o bicho e como disse pra si mesmo — Vai morrer, é preciso matar pra não sofrer mais. Então tinha pegado em casa um espeto de churrasco, e com duas espetadas acabou com o sofrimento.

Procuraram nas moitas e ele mostrou dois buracos na pelagem do bicho — todos agachados em volta tapando o nariz. O focinho pretejava de formigas, o rabo fervia de vermes.

Os outros olhavam as mãos dele: um carrasco de verdade.

Então ele explicou o sofrimento do bicho, o olho vazado, as pernas arrebentadas. Fez a cara que o espião fez antes de matar a mulher loira — Era preciso, entendem? era preciso. Todos entenderam, concordaram: era preciso mesmo sangue-frio pra pensar direito e fazer o certo. Mas pediram pra ver o espeto.

Estavam duvidando? Ele levantou de peito pra frente, marchou com o bando atrás. Passaram pela esquina, o menino grandão não estava à vista. Quando acordasse, o bando teria um novo chefe: ele continuava à frente, ia pegar um espeto e mostrar a eles, iam ver.

Um perguntou por que ele não tinha enterrado o filhote. Eles mesmos já tinham enterrado nos quintais um gato e um coelho, com todas as honras.

— Enterrinho é pra menina — diz o herói, e apressam o passo decididos e machos.

As mil e uma histórias de Domingos Pellegrini

Domingos Pellegrini se considera um felizardo por expressar seus sonhos em histórias e contos.

Uma das artes mais difíceis é a de contar histórias... e agradar a plateia.

Mas esta é uma tarefa que Domingos Pellegrini cumpre com maestria. As suas narrativas fluem como se, além de desempenhar o papel de escritor, Domingos estivesse conversando frente a frente com o leitor. Quando o livro acaba, fica a mesma sensação de terminar um sorvete gostoso: vontade de repetir sem parar. E de passar a história adiante, perpetuando o papel do narrador.

Além de trabalhar como escritor, Domingos Pellegrini também é jornalista e publicitário. Entre suas obras importantes estão livros de contos como O homem vermelho, Os meninos e Os meninos crescem e romances como O caso da Chácara Chão.

Domingos também já escreveu muito para o público jovem, tendo publicado obras como A árvore que dava dinheiro, As batalhas do castelo, Tempo de menino, Andando com Jesus, Meninos e meninas e Bicho grande.

Pellegrini se considera inventor de um idioma próprio e até, quem sabe, de uma visão peculiar sobre o homem. E se intitula felizardo por poder desenvolver o dom da escrita.

O escritor nasceu no ano de 1948 em Londrina (PR), onde continua morando e fazendo uma das coisas que mais gosta: escrever.

Referências bibliográficas

Os textos que compõem esta antologia foram extraídos das seguintes obras:

Aluísio Azevedo
"**Aos vinte anos.**" In: *Demônios*. São Paulo, Martins, 1954. p. 108-15.

António de Alcântara Machado
"**Gaetaninho.**" In: *Brás, Bexiga e Barrafunda: notícias de São Paulo*. São Paulo, Imprensa Oficial do Estado, 1982. p. 21-9.

Domingos Pellegrini
"**O herói.**" In: *Tempo de menino*. São Paulo, Ática, 1989. p. 69-73.

Érico Veríssimo
"**Os devaneios do general.**" In: *Contos*. Porto Alegre, Globo, 1983. p. 23-32.

Ivan Angelo
"**Menina.**" In: *Duas faces*. Belo Horizonte, Itatiaia, 1961. p. 31-6. (Esse livro reúne contos de Ivan Angelo e Salviano Santiago. O conto em questão é publicado no presente volume em nova versão.

Mário de Andrade
"**O peru de Natal.**" In: *Contos novos*. São Paulo, Martins, 1973. p. 95-103.

Orígenes Lessa
"**A aranha.**" In: *Seleta*. Rio de Janeiro, Civilização Brasileira, 1973. p. 10-5.

Otto Lara Resende
"O elo partido." In: *As pompas do mundo*. Rio de Janeiro, Rocco, 1975. p. 23-37.

Ricardo Ramos
"Herança." In: *Circuito fechado*. Rio de Janeiro, Record, 1978. p. 29-31.

Coleção
PARA GOSTAR DE LER

Boa literatura começa cedo

A Coleção Para Gostar de Ler é uma das marcas mais conhecidas do mercado editorial brasileiro. Há muitos anos, ela abre os caminhos da literatura para os jovens. E interessa também aos adultos, pois bons livros não têm idade. São coletâneas de crônicas, contos e poemas de grandes escritores, enriquecidas com textos informativos. Um acervo para entrar no mundo da literatura com o pé direito.

Volumes de 1 a 5 – Crônicas
Carlos Drummond de Andrade, Fernando Sabino, Paulo Mendes Campos e Rubem Braga

Volume 6 – Poesias
José Paulo Paes, Henriqueta Lisboa, Mário Quintana e Vinícius de Moraes

Volume 7 – Crônicas
Carlos Eduardo Novaes, José Carlos Oliveira, Lourenço Diaféria e Luís Fernando Veríssimo

Volumes de 8 a 10 – Contos brasileiros
Clarice Lispector, Graciliano Ramos, Ignácio de Loyola Brandão, Lima Barreto, Lygia Fagundes Telles, Mário de Andrade e outros

Volume 11 – Contos universais
Edgar Allan Poe, Franz Kafka, Miguel de Cervantes e outros

Volume 12 – Histórias de detetive
Conan Doyle, Edgar Allan Poe, Marcos Rey e outros

Volume 13 – Histórias divertidas
Fernando Sabino, Machado de Assis, Luís Fernando Veríssimo e outros

Volume 14 – O nariz e outras crônicas
Luís Fernando Veríssimo

PARA GOSTAR DE LER 10 SUPLEMENTO DE LEITURA

NOME _____

ANO _____ ESCOLA _____

Contos Brasileiros 3

ALUÍSIO AZEVEDO • DOMINGOS PELLEGRINI • ANTÔNIO DE ALCÂNTARA MACHADO • ÉRICO VERÍSSIMO
IVAN ÂNGELO • MÁRIO DE ANDRADE • ORÍGENES LESSA • OTTO LARA RESENDE • RICARDO RAMOS

Você teve a oportunidade de ler alguns dos melhores contistas brasileiros, de diferentes épocas. Graças a eles, um pouco mais do espírito de nossa gente foi transformado em literatura. Agora, está na hora de refletir um pouco sobre os contos que você leu.

Truques e segredos

 "Andou a cavalo o dia inteiro. E sempre

7 Em "Herança", aos poucos, delineiam-se as características da personalidade do filho e do pai, já morto.

a) Que características seriam essas?

_____
_____
_____
_____
_____
_____

b) O que essas características têm a ver com o título do conto?

_____
_____
_____
_____

b) O que seria para você salvar a honra do dia, fazer do dia um grande dia?

_____
_____
_____
_____
_____
_____

Agora o contista é você...

Arrisque! Crie! Escreva seu conto!

9 Mário de Andrade, em "O peru de Natal", fala dos benefícios da "fama de louco", numa seu caderno onde uma loucura desse tipo (que desarruma as coisas que na verdade precisam mesmo ser desarrumadas) traz benefícios para um grupo. Aqui, pode ser o maluquinho da turma, da escola, do time de futebol, numa hora em que o time precisava sair da defesa e partir pra cima do adversário, do prédio, a situação é você quem inventa.

8 Em "O herói", primeiro o menino se impressiona com a morte do cachorro, depois muda de atitude.

a Explique essa mudança, relacionando-a com o título.

A arte de contar histórias tem truques, segredos, uns jeitos especiais...
Mas, se ler com atenção, você vai descobrir alguns deles...

1 Em "A aranha", o personagem Enéas, ao discorrer sobre o tema que aconselha para um conto – a aranha que gostava de música –, ao mesmo tempo vai destacando alguns elementos que devem entrar na composição de um texto. Relacione esses trechos do texto aos elementos correspondentes.

1 "Mas é assunto ótimo, verdadeiro, vívido, acontecido, interessantíssimo."

2 "É só utilizar o material, e acrescentar uns floreios, para encher ou para dar mais efeito."

3 "Um tostão de lua, duzentão de palmeira, quatrocentos de vento sibilando na copa das árvores, é barato e agrada sempre [...]"

dessa expectativa."

○ Ritmo da narrativa: coisas deixadas em suspense, centro da trama.

○ Ambiente: elementos da natureza, seu encantamento e valor na história.

○ Tema: sua originalidade, capacidade de convencer ao leitor, seduzi-lo.

○ Estilo: observações sobre como escrever o texto.

2 O movimento modernista no Brasil surgiu como um processo de ruptura com o passado, mas também como transformador das forças mais autênticas da cultura brasileira. Mário de Andrade foi um dos autores que lutou pela renovação da linguagem.

Volume 15 – A cadeira do dentista e outras crônicas
Carlos Eduardo Novaes

Volume 16 – Porta de colégio e outras crônicas
Affonso Romano de Sant'Anna

Volume 17 – Cenas brasileiras - Crônicas
Rachel de Queiroz

Volume 18 – Um país chamado Infância - Crônicas
Moacyr Scliar

Volume 20 – O golpe do aniversariante e outras crônicas
Walcyr Carrasco

Volume 21 – Histórias fantásticas
Edgar Allan Poe, Franz Kafka, Murilo Rubião e outros

Volume 22 – Histórias de amor
William Shakespeare, Lygia Fagundes Telles, Machado de Assis e outros

Volume 23 – Gol de padre e outras crônicas
Stanislaw Ponte Preta

Volume 24 – Balé do pato e outras crônicas
Paulo Mendes Campos

Volume 25 – Histórias de aventuras
Jack London, O. Henry, Domingos Pellegrini e outros

Volume 26 – Fuga do hospício e outras crônicas
Machado de Assis

Volume 27 – Histórias sobre ética
Voltaire, Machado de Assis, Moacyr Scliar e outros

Volume 28 – O comprador de aventuras e outras crônicas
Ivan Angelo

Volume 29 – Nós e os outros – histórias de diferentes culturas
Gonçalves Dias, Monteiro Lobato, Pepetela, Graciliano Ramos e outros

Volume 30 – O imitador de gato e outras crônicas
Lourenço Diaféria

Volume 31 – O menino e o arco-íris e outras crônicas
Ferreira Gullar

Volume 32 – A casa das palavras e outras crônicas
Marina Colasanti

Volume 33 – Ladrão que rouba ladrão
Domingos Pellegrini

Volume 34 – Calcinhas secretas
Ignácio de Loyola Brandão

Volume 35 – Gente em conflito
Dalton Trevisan, Fernando Sabino, Franz Kafka, João Antônio e outros